KB244740

덕질과 직업 사이, 가드너 탐구 생활

오늘도 식물하러 갑니다

100 백 가지의 나, 백 가지의 이야기 백백

백백은 모든 청소년을 전적으로 지지하고 응원하는
주니어RHK 청소년 교양서 시리즈입니다.

오늘도 식물하러 갑니다

초판 1쇄 인쇄 2025년 9월 15일
초판 1쇄 발행 2025년 9월 30일

글·그림 손연주
발행인 양원석   **발행처** (주)알에이치코리아(등록 2004년 1월 15일 제2-3726호)
본부장 김문정   **편집** 박진희, 김하나, 정수연, 고한빈, 홍은채   **디자인** 조은영, 김민
해외저작권 안효주   **영업마케팅** 안병배, 명인수, 최유성, 김연서   **제작** 문태일, 안성현
주소 서울시 금천구 가산디지털2로 53, 20층(한라시그마밸리)
편집 문의 02-6443-8921   도서 문의 02-6443-8800
홈페이지 rhk.co.kr   블로그 blog.naver.com/randomhouse1
인스타그램 @junior_rhk   페이스북 facebook.com/rhk.co.kr

ⓒ 손연주 2025

이 책은 저작권법에 의해 보호받는 저작물이므로 무단 전재와 복제를 금합니다.

ISBN 978-89-255-7314-4 (44810)
       978-89-255-2559-4 (세트)

※ 잘못 만들어진 책은 구입하신 곳에서 바꾸어 드립니다.

덕질과 직업 사이  가드너 탐구 생활

오늘도 식물하러 갑니다

손연주 글·그림

주니어 RHK

차례

3장   오늘도 N잡 하는 특이한 가드너

여러분은 어떤 계기로 이 책을 펼치게 되었나요?

저는 가드너가 되고 싶거나 식물 분야로 진로를 고민하는 친구들, 혹은 '나에게 맞는 길은 무엇일까?' 스스로 묻고 있는 친구들을 떠올리며 이 책을 썼습니다.

혹시 제가 뭔가 대단한 걸 이루었기 때문에 이 책을 썼다고 생각하나요? 아쉽지만 전혀 아니에요. 저는 아직 완성된 도자기가 아니라, 계속 모양을 바꿔 가는 말랑한 찰흙에 가깝거든요.

어린 시절 꿈이 참 많았던 저는 우연히 식물원의 가드너가 되었어요. 그 뒤에도 계속 고민하며 도전을 이어 갔고, 덕분에 이 책을 통해 지그재그로 걸어온 제 길을 저만의 언어로 나눌 수 있게 되었습니다.

식물의 세계를 탐험하며 깨달은 건, 식물 분야의 진로가 생각보다 훨씬 다양하다는 점이었어요. 또 나의 성향과 가치관에 따라 더 잘 맞는 길이 있다는 것도 알게 되었죠. 그래서 이 책에는 식물 분야의 진로와 관련된 다양한 정보를 담았어요.

저의 길이 정답은 아니에요. 사실 어떤 길도 정답이라고 할수 없어요. 다만 우리가 선택한 길을 정답으로 만들기 위해 노력할 뿐이죠. 그리고 언제든 방향을 바꾸어도 괜찮아요!

한결같은 꿈을 꾸고 멋지게 이룬 위인전 속 인물들을 보며 저도 그런 어른이 되고 싶었어요. 하지만 시간이 지나면서 그건 환상에 가깝다는 걸 알게 되었죠. 책 속의 근사한 어른들도 사실은 우리처럼 수많은 시행착오를 겪었을 거예요. 부디 제 이야기가 여러분의 시작에 작은 위안과 힌트가 되면 좋겠어요.

이 책은 수많은 분들과의 인연이 모여 완성되었어요. 방황하는 저를 응원해 주신 선생님들, 동아리와 학과 그리고 가드너 선배님들, 힘이 되어 준 친구들, 든든한 아군이자 때로는 무서운 참모인 예주·효주·우혁, 제 삶의 가장 큰 배경이 되어 주신 어머니 미영께 사랑과 존경을 보냅니다. 어린 시절 저에게 영감이 되어 준 아버지께도 감사의 마음을 전합니다.

오늘도 식물하는 손연주

이제 여러분 차례예요!
함께 꿈꾸고 탐험해 봅시다.

1장

하고 싶은 게 많아도
너무 많던 나

연주의 장래 희망 일대기

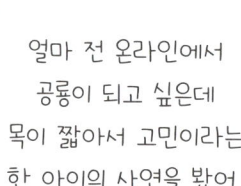

dinomom 목이 짧아서 공룡
이 못 된다며 슬퍼하는 울 아들

#우리아들 #장래희망
#공룡 #아들맘

얼마 전 온라인에서
공룡이 되고 싶은데
목이 짧아서 고민이라는
한 아이의 사연을 봤어.

이 나이 때
난 뭐가 되고
싶었더라?

← 유치원생 연주

귀여워~~

생각해 보면,
난 어릴 때 꿈이 참 많은 아이였어.
좋아하는 것도 되고, 싶은 것도 날마다 바뀌었지.

초등학생 땐 그림 그리는 걸 좋아해서 화가가 되고 싶었어.
그림 대회에도 종종 나가서 상도 몇 번 탔고.

역사랑 사회를 좋아해서 유적지와 유물을 발굴하고
연구하는 고고학자도 꿈꿨었어.

동물을 좋아하다 보니 수의사가 되고 싶기도 했어.
강아지를 키우고 싶다고 동생들이랑 얼마나 졸랐는지 몰라.

우리도 강아지

엄만 너희만으로도
충분하단다~

그때도 지금도 귀한
우리 집 4남매

하지만 부모님이 너무 바쁘셔서 강아지는 결국 못 키웠어.
그래도 다른 작은 생물들을 키우면서 수의사가 된 나를 상상하곤 했지.

어디선가 집어 온
번데기와 무당벌레

붉은귀거북 2마리

수의사가 되면
어떨까?

가족들 이름을 붙인
금붕어 6마리

과학 수업이 끝나고
동생이 데려온 병아리

고등학생 연주

이게 다는 아닐 텐데 싶어서
생활 기록부를 검색해 봤더니,
세상에, 전혀 기억도 안 나는
장래 희망들도 적혀 있더라!

외교관이 되고
싶었다고? 내가?

이렇게 되고 싶은 게 많고 자주 바뀐 건
좋아하는 게 많아서이기도 했지만,
자라면서 수많은 사람과 매체의
영향을 받았기 때문이기도 해.
특히 부모님이나 선생님처럼
가까운 어른들의 영향이 컸지.

직접적이고 노골적으로 어떤 직업에 대한 기대를 받은 적도 있었고.

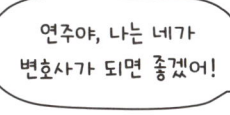

연주야, 나는 네가
변호사가 되면 좋겠어!

흠

그래서였을까. 새 학년이 되어
진로 희망 조사를 할 때마다,
멋져 보이는 직업이나 한결같은 꿈을
써야 할 것 같은 압박을 느꼈어.

물론 친구들 사정은 저마다 달랐어. 집안 분위기나 본인 성향 덕분에
어릴 때부터 하나의 꿈만 꾸던 친구도 있었고,

친구 엄마:
약사

친구 언니:
과학고등학교 다님

내 친구:
과학자가 꿈

그냥 지금 해야 할 일을 할 뿐
딱히 정해 놓은 꿈은 없다는
친구도 있었지.

초등학생 때부터
단짝

그런데 '꿈'이 뭐지?
하고 싶은 일이 아니라,
할 수 있는 일을 직업으로 삼은 사람은
결국 꿈을 이루지 못한 걸까?
좋아하는 건 취미로만 하고
돈은 다른 일로 벌면 안 되는 걸까?

등산은 취미로만
즐기는 중!

직업: 일타 강사

게임 캐릭터 옷 디자이너

남들이 봤을 때 멋있어 보여야만
꿈이라고 할 수 있을까?
꿈이 없으면 안 되는 걸까?

게임 캐릭터 옷 디자이너?
번듯한 직업 다 놔두고…

어른이 된 지금은 조금 알 것 같아. 이 질문들엔 정답이 없다는 걸.
꿈이 없던 친구도, 꿈이 한결같았던 친구도, 꿈이 많았던 나도
지금은 각자 즐거운 길을 찾아 살아가고 있으니까.

과학자만
꿈꾸던 친구

꿈이 없다던 친구

꿈이 너무 많던 나

그렇게나 꿈이 많았던 내가
한 번도 꿈꿔 본 적 없는
식물원 가드너가 된 것만 봐도 그래.

가드너 연주

물론 식물을 남들보다 조금 더 좋아하긴 했지만,
그건 그냥 취미였을 뿐이야.

학교에서 늘
식물 물 주기 담당

꺄~ 귀여워!
내 씨앗들!

씨앗을
모으던 나

가드너라는 직업을 갖게 될 줄은
정말 몰랐다니까!
이 책을 읽는 너희도 남들이 말하는
'꿈', '장래 희망', '직업' 같은 틀에
스스로를 가두지 않았으면 좋겠어.

어쩌다 보니 '덕업일치' 했지!

후후, 끝난 줄 알았지?

'덕업일치'를 이뤘으니
이제 고민이 없을 것 같다고?
나도 예전엔 그런 사람들을 보면서
같은 생각을 했어.

장래 희망 일대기

으~~~악!!!!
덕업일치 하면 영원히
행복한 거 아니었어?

어떤 고민들이었는지는
차차 이야기해 줄게.
과연 내 이야기의 끝은
해피엔딩일까?

작품명:
가드녀의 절규

작품에 손 대지 마세요.

심오한 작품이야.

나는야 씨앗 다람쥐

초등학생 때부터 지금까지
내 취미는 쭉 한결같아.
바로, '씨앗 모으기'!
친구들이 스티커나 딱지,
연필 같은 걸 모을 때…

다 내 거!

난 씨앗에 푹 빠져 있었지.
원래 자연물 모으는 걸 좋아하긴 했지만,
그중에서도 가장 열심히 모은 건 씨앗이었어.

오오,
마이 프레셔스!

씨앗을 왜 모으기 시작했는지는
기억나지 않지만, 씨앗을 손에 쥐었던
첫 느낌은 아직도 생생해.
올망졸망 어찌나 사랑스럽던지!

하지만 씨앗이란 게 아무 데서나 쉽게 구할 수 있는 건 아니잖아?
게다가 난 도시에서 살았는데, 어디서 씨앗을 모았을까?

평범하고 단조로울 것 같은 길에도 생각보다 다양한 식물이 자라고 있어.
그러니 내겐 씨앗을 찾기 딱 좋은, 보물 같은 장소였지.

물론 다른 방법도 있었어.
부모님이 구해다 주시기도 했고, 집에서 키우던 식물에서 얻기도 했고,

학교 화단에서 씨앗을 수집하기도 했지.

씨앗 모으는 재미에
푹 빠지다 보니
보관 통도 점점 많아지고,
종류도 다양해졌어.

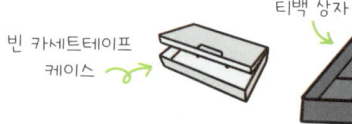

씨앗에 곰팡이가 피거나 벌레가
생기기도 했는데, 그런 일을 겪으며
어떻게 보관해야 하는지도
조금씩 알게 됐어.

씨앗을 얻기 위해 식물을 관찰하다 보니, 식물 자체에 대한 관심도 커졌어.

식물 표본도 만들어 보고, 책도 찾아보고, 여러 활동을 하면서
고등학생 무렵엔 관심이 '씨앗'에서 '식물'로 옮겨 가더라.

당연히 집에서 키우는 식물도 내 관심 대상이었지.
그중에서도 '만손초'는 특별했어.
잎에서 또 다른 잎이 돋아나는 게 진짜 신기했거든.
그런데 그게 다가 아니었어.

허걱

감당이 안 될 만큼 엄청난 속도로 번식하는 거야.

식물 분양 500원!

잎에서 잎이 자라는
만손초를 음료 뚜껑에
심어서 분양합니다.

2학년 1반
손연주

고민 끝에 아이디어가 떠올랐어!
"이걸 분양해서 용돈을 벌자!"
만손초 새싹은 병뚜껑에 심어도 될 만큼
작고, 귀엽고, 키우기도 쉬웠거든.
그래서 바로 '만손초 분양' 광고지를
만들어 각 반에 붙였어.

결과는… 대성공!
그렇게 번 돈으로 갖고 싶었던 식물도감도 샀다니까!

사람들은 내가 식물을 좋아한다고 하면
숲이나 들판에서 시간을 많이 보냈을 거라고 생각하는데,

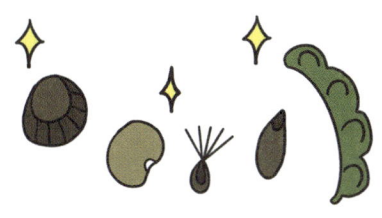

사실 내가 식물을 좋아하게 된 건
도시에서 만난 자연과 식물들,
그리고 작고 귀여운 씨앗들 덕분이야.

참, '씨앗다람쥐'는 고등학생 때 친구가
내게 지어 준 별명이야.

씨앗을 좋아하고, 하나둘 쟁여 두는
내 모습이 꼭 다람쥐 같았다나.
그때부터 난 씨앗을 모으는
'씨앗다람쥐'가 된 거지!

너! 식물을 전공해라

I WANT YOU

고등학생 때 난 나름 모범생이었어.
공부를 아주 잘했던 건 아니지만,
열심히 하는 학생이었지.
그렇게 바쁜 학창 시절을 보내다 보니…
어느덧 진로를 정해야 할 시기가 왔어.

진로 조사

두둥!

수학은 싫어했지만 생물이 좋아서 이과를 선택했는데,
이제 구체적으로 어떤 대학과 학과로 진학할지 결정할 때가 온 거야.

○○대학교 ♡♡학과

◇◇대학교 ♣♣학과

□□대학교 ✿✿학과

그런데 막상 상황이 닥치니 아무 생각도 나지 않았어.
물론 나 같은 학생은 한두 명이 아니었어.
그런 우리에게 선생님은 자기소개서를 써 보라는 숙제를 주셨지.

어디서부터 시작해야 할지 막막하더라.
그래서 일단 정말 말 그대로 나에 대한 모든 걸 낱낱이 쓰기 시작했어.
가족 구성원, 부모님의 취미, 나의 추억들, 교내 사진 대회,
참석했던 교육, 봉사 활동, 그리고 씨앗 모으는 취미까지!
야생 동물 수의사, 고고학자 등 그동안 생각했던 꿈들도 모조리 썼어.

그렇게 두서없이 쓴
자기소개서를 선생님께 드렸어.

그래,
수고했어.

쌤, 여기요!

그런데 며칠 뒤…

연주는 이따 수업
끝나고 교무실로 와라.

??

연주 너,
식물 분야로 진로를
정해 봐.

???

생각지도 못했던
선생님의 이야기에
나는 한동안 멍해 있었어.

취미도 씨앗 모으기라며?
생물 과목 내신 성적도 나쁘지 않고
○○ 전형 같은 것도 생각해 보면
괜찮을 것 같아.
그러니까 자기소개서는
그 전형에 맞춰서~~

그날 집에 오는 내내 머릿속이 복잡했어.

진로를 이렇게
정하는 게 맞는 건가?

식물은 그냥 진짜 취미인데…
이런 소소한 취미로 진로를 정해도 되나?

사실 지금 되고 싶은 건
수의사인데…

식물을 전공하면
어떤 일을 하게 되는 거지?

이 녀석들로
대학을 갈 수 있다고?

그저 좋아서 하는 일을
특별하게 봐 주신 건
정말 감사했지만,

당시 내 주변에는 식물과 관련된
직업에 대해 정확히 알려 주는
사람이 없었어.
어떤 대학, 학과를 가야 할지도
알 길이 없어 막막했지.

농부?   연구원?

'성적'이라는 현실도 고려해야 했어.
고3은 암묵적으로 자신의 성적에 맞는
꿈을 꿔야 하는 시기잖아.

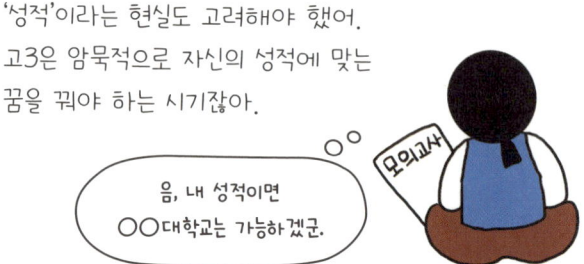

음, 내 성적이면
○○대학교는 가능하겠군.

그때부터 조금씩, 식물과 관련된 기사나 잡지를 찾아 읽기 시작했어.
엄마도 종종 내가 관심 가질 만한 기사가 보이면 모아서 주셨지.

산과 들을 누비며 씨앗을 모으는 연구원?
오, 내가 좋아하는 일이잖아?
관련 학과로 진로를 정해 볼까?

담임 선생님은 내 자기소개서를 입시에 맞는 형태로 바꾸도록
계속 숙제를 내주셨는데, 그걸 수정해 나가는 건 쉽지 않았어.
왠지 그럴듯하게 날 포장하는 기분이 들었거든.
내가 아닌 날 만들어 내는 느낌이랄까.

빨간색으로 표시한
부분을 더 자세히
풀어서 써 보자.

휴, 이게 맞나?

나는
식물을 위해
태어난…

어려서부터
씨앗을 모았고…

현실의 난 좋아하는 것도, 되고 싶은 것도 이렇게나 많은데 말이야.

씨앗을
좋아하는 나

고고학자를
꿈꾸는 나

수의사가
되고 싶은 나

하지만 이제는 알지.
자기소개서를 쓴다는 건
진짜 '나'를 부정하는 게 아닌,
내가 가진 여러 면 중 일부를 골라
효과적으로 정리하고 보여 주는
과정이라는 걸.

어떤 나를 선택할까?

이 과정이 너무 어렵고 막막하게만 느껴질 땐
구슬이나 비즈로 팔찌를 만든다고 생각해 보자.
인생이라는 통에서 마음에 드는 조각들을 고르고 꿰어
나만의 길을 하나하나 엮어 나가는 거라고!

식물을 공부하려면 어느 학과에?

그래, 결심했어!

식물을 전공하기로 결심한 뒤 본격적으로
관련 학과를 알아보기 시작했어.
그런데 바로 난관에 부딪쳤지.
무슨 학과를 검색해야 할지 감이 안 잡혔거든.

대체 뭐라고
검색해야 하지?

야생화학과?

그때 난 화단에 핀 꽃보단
야생에서 자라는 식물이 더 좋았어.
그래서 무작정 '야생화학과'라고
검색해 봤는데…
당연히 그런 학과는 없더라.

나처럼 막막해할 친구들을 위해
식물 분야의 학과들을 간단히 소개해 볼게.
학교마다 명칭은 조금씩 다르지만,
크게는 이렇게 나눌 수 있어.

화훼장식학과

식물을 이용해 아름다운 조형물이나
장식을 만드는 법을 배워.

산림학과

숲을 가꾸고 활용하는 방법,
숲 생태계와 조림*등에 관해 다뤄.

*숲을 만들거나 되살리는 일

생물학과

식물뿐 아니라 다양한 생물의 분류,
생태·의학적 활용 등을 연구해.

조경학과

도시 설계와 정원 디자인,
식재*계획 등을 공부하지.

*식물을 심고 재배하는 일

원예학과

채소, 과일, 화훼 같은
경제 작물을 재배하고 연구해.

식량자원과학과

식량 작물의 생산성과 품질을 높이는
방법을 종합적으로 연구해.

이처럼 분야마다 공부하는 내용이 다르니까
내가 식물의 어떤 부분에 관심 있는지를 먼저 파악하는 게 중요해.

식물 이름 외우기, 씨앗 모으기,
식물 관찰을 좋아하는지

식물을 직접 심고
가꾸는 게 즐거운지

신약이나 화장품 개발,
또는 농산물 육종*에 관심이 있는지

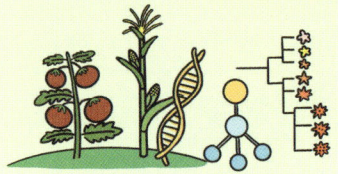

*새로운 품종을 만들거나 개량하는 일

식물을 활용해 멋진 공간을
설계하고 싶은지

자연을 보전하는
활동가가 되고 싶은지,
식물을 채집하고 연구하는
학자가 되고 싶은지

목재를 생산하고
활용하는 산업 분야에서
일해 보고 싶은지

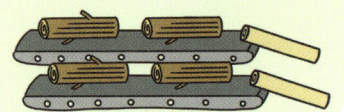

관심사를 곰곰이 생각해 보고
학과 후보를 고른 뒤, 인터넷을 검색해
구체적인 정보를 찾아보자.
처음엔 학과 이름이
생소하게 느껴질 수도 있어.

그럴 땐 각 학과의 공식 홈페이지에 들어가면
어떤 과목을 배우는지 확인할 수 있지.
그걸 보면 나의 관심 분야를
판단하는 데 큰 도움이 될 거야.

이런 방법을 몰랐던 난 과학 잡지에서 흥미롭게 읽은 글을 쓴 교수님이
어느 학과 소속인지 찾아보고, 그 학과를 중심으로 정보를 모았지.
그런 다음 나의 활동과 관심사를 정리해서 포트폴리오도 만들었고,
결국 원하는 학과에 입학할 수 있었어!

내가 만들었던
포트폴리오

만약 지금의 내가 그때로·돌아간다면 학과부터 찾기보다
먼저 그 분야에서 일하는 롤 모델을 찾아볼 거야.

타임머신

롤 모델을 찾아라!

인생 2회 차
고등학생 연주

롤 모델은 의외로 가까이에 있을 수 있어.
부모님, 선생님, 친구 부모님 등
주변을 잘 살펴보면 돼.
한 사람만 찾아도 계속 연결될 수 있거든.
'세상은 좁다'는 말, 괜히 나온 게 아니니까.

만약 잘 모르겠다면 진로 담당 선생님과 상담하는 것도 좋은 방법이야.
또 방송이나 잡지, 기사에서 전문가들이 쓴 글을 찾아보는 것도 좋아.

아무리 찾아도
롤 모델이 없는데요?

걱정 마!
나도 있잖아!

그분들의 이력이나 활동을 조사하고, 인터뷰를 요청해 봐.
이메일로 간단한 질문을 보내거나, 직접 만날 수도 있겠지.

제목 : 안녕하세요, OO 선생님께
진로 상담을 부탁드리고 싶습니다.

식물과 관련된 일을 하려면
어떤 학교와 학과로
진학해야 할까요?

좋은 질문이야!

그분이 다른 전문가를
소개해 줄 수도 있어!

인터뷰할 땐 그 일을 하려면 어떤 역량이 필요한지 꼭 물어보는 게 좋아.

내 친구 중 한 명은 물리를 잘해서
건축 관련 학과에 진학했어.
그런데 그 분야엔 예술적 감각도
필요하다는 걸 나중에야 알게 됐고,
결국 진로를 바꿔야 했지.

"이렇게 꼭 해야해. 이게 정답이야!"라고
말하려는 건 아니야.
진로를 찾고 결정하는 방법은 정말
다양하다는 걸 꼭 알려 주고 싶었어.
어떤 방법이든, 직접 해 보는 게 중요해.
그게 바로 시작이니까!

직업 체험 프로그램
진로 상담 센터
선생님 면담
롤모델 찾기
가족 조언

We ♥ Plant

식물을 좋아하는 게 당연한 사람들

원하는 학과에 입학한 난
신나게 대학 생활을 시작했어.
생각보다 수업도 잘 맞았어.
(물론 머리 아픈 수업도 있었지만!)

대학 새내기 연주

대학교에선 전공 수업에서 교양 수업까지 내가 고른 수업을 듣고,
동아리에 들어가 하고 싶었던 활동도 다 해 볼 수 있었어.
식물을 공부하면서 다양한 분야도 폭넓게 경험하는 좋은 기회였지.

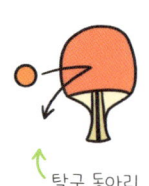

탁구 동아리

풍물 동아리

천체 관측 동아리

감투 쓰기 싫어…

그 전까지 난 친구들 앞에 나서는 걸
좋아하지 않는다고 생각했는데,
내가 원하는 분야에 오니까
적극적으로 활동하게 되더라고!
덕분에 4년간 다양한 활동을 했어.

나한테
이런 면이?

Before   After

식물 쇼핑이
최고야!

학과 소모임인 식물 동아리에선 회장을 맡았어.
부원을 모집하고 부지런히 여러 활동을 기획했지.
봄이면 꽃 시장에 가서 묘목과 씨앗을 사고,
야생화를 보러 등산도 다녔어.
학교 인근 주택가에 꽃을 심기도 했고.

분재 만드는 소모임을 운영하며
국화 분재 기사님께
분재 만드는 법도 배웠어.

학교 옥상에선 채소와 꽃을 잔뜩 키웠어.

거센 바람에 산국이 꺾여 속상한 날도 있었고,
까치가 감자를 쪼아 먹는 바람에 발을 동동 구른 일도 있었지.

축제 땐 우리가 키운 감자로
통감자구이를 만들고,
밀로는 식혜를 만들어 팔았어.

중앙 동아리엔 식물 모임이 없어서 새를 관찰하는 탐조 동아리에 들어갔어.
그 덕분에 강화도, 제주도, 어청도까지 다니며
우리나라에 이렇게 많은 새가 산다는 걸 처음 알았지.

꼬마물떼새

곤줄박이

동고비

황오리

물수리

겨울에는 일주일 동안
제주도에 머물며 새를 조사했어.
발견한 새를 기록하고 발표하는 시간이
얼마나 설레고 즐거웠는지 몰라.

연말엔 1년간 열심히 활동한 신입생에게
닮은 새 이름, 즉 '새명'을 붙여 주는
행사가 열렸어. 일명 '부화식'!
신입생을 알에서 부화하는 새에 빗댄 거지.
난 '꼬마물떼새'로 부화했어.
안경 쓴 내 모습이 그 새랑 닮았다나!

부화

방학 땐 종자 은행에서
한 달 동안 아르바이트도 했어.
건강한 씨앗을 골라내는
'정선 작업'이 주된 일이었지.

종자 은행은 생물 다양성을 보존하고,
유사시에 대비하기 위해 식물의 씨앗을
수집하고 보관하는 시설을 말해.

그곳에서 녹두, 상추 씨앗을 정선하며
세상에 이렇게 많은 품종이 있다는 걸 새삼 느꼈어.

씨앗을 입고하고, 보관하고, 증식하고, 관리하는 과정도 배웠고.

가끔씩 일하다가
너무 지루하거나 졸릴 땐
씨앗을 가지고 장난을 치기도 했어!

오늘은
버섯 모양을…

키토

에콰도르

•리마

페루

그리고 지구 반대편에 있는
남아메리카 대륙으로도 날아갔지.
페루와 에콰도르에서 세 달씩 머물며
농업 인턴으로 일했어.

비록 작은 역할이었지만,
한국 작물이 현지 환경에
잘 적응하는지 연구하는 시험을 돕고,
그 나라의 잡초를 조사하고,
보고서를 쓰는 일도 맡았어.

인턴이 끝난 뒤엔 두 달 동안 남아메리카 대륙을 여행했어.
갈라파고스 제도의 희귀 동식물부터 미스테리한 고대 유적지까지
그곳에서 마주한 모든 순간이 새로웠고, 내겐 더없이 소중한 기회였지.

갈라파고스 제도의
'푸른발얼가니새'

페루의 '마추픽추'

갈라파고스 제도의
'바다사자'

대학교에서 가장 좋았던 건, 뭐니 뭐니 해도 식물을 좋아하는 마음이
당연하게 여겨지는 분위기였다는 거야.

중고등학생 때 내가
식물을 좋아한다고 하면
사람들은 늘 "신기하다.",
"특이하네." 이런 반응이었거든.

10대엔 대부분 게임, 유튜브,
연예인, 케이팝에 빠지잖아.
난 화분 옆에 앉아 있는 게 더 좋았어.

그런데 대학교에 가 보니,
'환경원예학과'라는 이름 아래 나 같은 사람들이 모여 있었지.
'식물을 좋아하는 게 당연한 사람들'!

이제야 나한테 딱 맞는 자리를 찾은 기분이었달까!

가드너, 이걸 왜
이제 알았지?

대학교 1학년부터 3학년까지,
다양한 활동을 하며 정말 행복했어.

그렇게 시간이 훌쩍 흘러,
드디어 취업을 고민해야
할 시기가 오고야 말았지.

처음 입학했을 때 난,
산과 바다를 누비며
식물을 연구하고 싶었어.

그런데 여러 경험을 쌓다 보니,
내가 흙을 밟고 식물을 직접 만지는 일을
훨씬 좋아한다는 걸 깨닫게 됐지.

심지어 연구하는 선배들을 유심히 살펴보니,
실제론 식물보다 실내에서 컴퓨터 앞에 앉아 있는 시간이 더 많더라.
하는 일에 비해 보수도 썩 매력적이진 않다고 느꼈어.

선택의 시간이 다가올수록 난 점점 우울해졌어.

← 대학교 4학년 연주

그동안 배운 게 아깝다고
마음에도 없는 길을 택해야 하나?
나한테 딱 맞는 직업이란 게 과연
있긴 할까?

마치 유통 기한이 다 된 고기처럼
곧 버려질 것만 같은 기분이었달까.

그러던 어느 날, 친한 후배가 책 한 권을 추천해 줬어.
그 책을 읽고 식물원 가드너가 되는 걸 고민하고 있다면서 말이야.

그 친구는 나와 정말 비슷한 점이 많아.
식물을 직접 만지고, 체험하는 걸
누구보다 좋아하지.

후배의 말에 이끌려 책을 펼쳤는데,
읽는 내내 심장이 두근거렸어.

완전 취향저격!

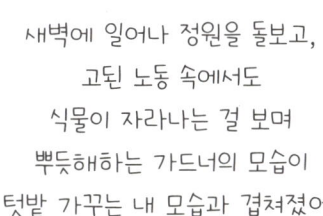

새벽에 일어나 정원을 돌보고,
고된 노동 속에서도
식물이 자라나는 걸 보며
뿌듯해하는 가드너의 모습이
텃밭 가꾸는 내 모습과 겹쳐졌어.

식물을 만지며 지식과 경험까지 쌓는 직업이
세상에 존재한다니, 속이 뻥 뚫리는 것 같았지!

가드너!
바로 이거야!

가드너는 내가 꿈꾸던 삶과
꼭 맞는 직업이었어.
왜 그제야 알게 된 걸까!

난 곧장 그 책 작가님께 메일을 보냈어.
두서없는 질문을 드렸는데,
감사하게도 작가님은 정성껏
답장을 써 주셨지.
그 덕분에 결심할 수 있었어.
'나 가드너가 될래!'

갈 길이 멀군.

하지만 가드너가 되는 건
쉽지 않았어.

대부분 경력자를 원했고,

경력 없는 사람은
어디서 경력을 쌓나요.

현장에서 몸 쓰는 일이 많다 보니 여성을 꺼리는 곳도 있었거든.
서류 심사에서 꽤 많이 떨어졌지.

같은 경력이면
남자가 좋아!

지원해 주셔서
감사합니다.

다음 기회에 뵐 수
있기를 바랍니다.

○○식물원

그래도 포기하지 않았어.
여러 기관에서 인턴 생활을 거치면서 현장 경험을 쌓았고,
결국 몇 년 뒤 식물원의 정식 가드너가 됐어.

인턴   또 인턴   정식 가드너

그렇게 오래오래
행복하게 잘 살고 있답니다!

…라고 끝날 줄 알았지?
그때 내 나이는 스물일곱, 이제 막 첫발을 뗀
사회 초년생이니 얼마나 좌충우돌했겠어.
게다가 가드너 생활을 하면서
이전과는 또 다른 고민들이 시작됐어.

그럼 이제 봄, 여름, 가을, 겨울을
세 바퀴 돌며 가드너로 살아온 내 이야기를
본격적으로 들려줄게!

가드너가 어떤 직업인지,
무슨 일을 하는지
2장에서 소개할게!

2장

바야흐로 맞이한
가드너의 사계절

알뿌리를 찾아라!

　출근 첫날의 기억은 아직도 선명해. 3월이었지만 여전히 날씨
는 을씨년스러웠고, 봄을 알리는 연둣빛도 보이지 않았지.

　식물원에서 내가 맡은 첫 임무는 수선화 새싹 찾기! 수선화 같
은 알뿌리 식물은 가을에 심은 뒤, 낙엽을 덮어 추위를 막아 줘야
해. 그런데 지난 가을에 그걸 너무 두껍게 덮은 바람에 수선화 새
싹이 광합성을 못 했다는 거야. 새싹에 햇빛을 쪼여 주려면 그 낙
엽들을 다 걷어 내야 했지.

신기하게도 초록색 갈퀴는 새싹은 건드리지 않고 낙엽만 쏙쏙 걸러 냈어. 그렇게 한참 갈퀴질을 하다 보니 샛노란 새싹들이 하나둘 눈에 띄기 시작했지. 길이가 5cm도 채 되지 않는 통통한 잎이 어찌나 귀엽던지.(닭발처럼 생기기도 했어!) 예상치 못한 귀여움에 힘든 것도 잊고 신이 나서 낙엽을 걷어 냈어. 갈퀴질을 할 때마다 비 오는 날 맡을 수 있는 고소한 흙 내음이 올라와서 기분이 좋아지더라.

새싹 위에 깔려 있는 건 주로 상수리나무, 느티나무, 왕벚나무의 낙엽이었어. 물기를 머금고 반짝이며, 땅 위에 납작하게 붙어 있었지. 겨우내 오리털패딩처럼 공기층을 만들어, 살을 에는 추위로부터 수선화 알뿌리를 지키는 동안 눈과 비를 맞으며 점점 숨이 죽은 거야. 제 몫을 다해 새싹을 잘 자라게 해 준 낙엽들이 참 대견하게 느껴졌어.

추위는 식물에게 시련처럼 느껴질 수 있지만, 알뿌리 식물에겐 꼭 필요해. 이듬해에 꽃을 피우려면 추위를 어느 정도 견뎌야 하거든. 따뜻한 곳에서만 자라면 꽃을 피우지 않아.

새로운 곳에서 느끼는 불안도 그와 비슷하지 않을까? 적당한 긴장감이 있을 때, 오히려 성장할 수 있는 힘이 생기는 법이니까. 추위를 견뎌 낸 수선화를 보며 나도 가드너로서 잘 적응해 나가야겠다고 다짐했어.

새싹들의 향연

눈이 많이 내리면 눈 쌓이는 소리가 들린다고 하잖아. 봄이 오고 서서히 기온이 오르면 새싹들이 자라는 소리도 들리는 듯해.

특히 봄비는 본격적인 봄의 신호야. 봄비가 내리고 나면 말라 있던 나뭇가지엔 눈들이 하루가 다르게 부풀고, 죽은 듯 붙어 있던 로제트 식물(잎이 땅 위에 바짝 붙어 사방으로 둥글게 퍼지는 식물)도 기지개를 켜고 꽃대를 올려. 수선화나 튤립 같은 알뿌리 식물은 기다렸다는 듯 새순을 단단한 땅 위로 밀어 올리지.('새싹'은 씨앗에서 새로 나는 싹을, '새순'은 기존 식물에서 돋아나는 어린잎을 말해.)

올망졸망한 새싹들은 참 신기하게도 생김새가 다 달라. 원추리 새순은 왕관처럼 생겼는데, 연둣빛 잎이 대칭을 이루며 자라. 눈개승마 새순은 깃털처럼 여러 갈래로 갈라지고, 가장자리가 톱니 같아. 그리고 붉은빛으로 돋아 점차 연둣빛으로 변하지. 비비추나 둥굴레 새순은 뾰족뾰족 대나무 죽순처럼 땅을 뚫고 솟아오르고. 돌단풍 새순은 꽃봉오리와 함께 올라오는데, 그 모습이 꼭 옥수수 뻥튀기 같아.

가드너의 일상이 좋은 이유 중 하나는 일하면서도 틈틈이 식물의 변화를 볼 수 있다는 거야. 특히 저마다 다른 방식으로 자라는 새순을 가까이서 관찰할 수 있다는 건 가드너로서는 더없이 좋은 경험이지.

그렇다고 항상 좋은 일만 있는 건 아니야. 이 시기 식물원엔 새싹 도둑이 많아져. 무슨 소리냐고? 봄이면 할머니, 할아버지들이 몰래 과도를 들고 와서 새순을 따 가시거든. 특히 화살나무, 원추리, 냉이, 씀바귀 새순이 인기였어. 골치가 아프다가도 '아, 이 식물은 먹을 수 있는 거구나!', '무쳐 먹으면 맛있나 보군.' 하고 생각하며 웃어넘기기도 했어.

다시 태어난다면 식물원의 벌이 될 거야

가드너에게 봄은 낭만적이지만은 않아. 낙엽을 걷어 내고, 꽃이 피는 시기를 기록하고, 정원에 모종을 심고, 본격적인 교육 프로그램을 열고, 봉사자도 맞이해야 하거든.

하지만 동분서주하는 가드너와 달리 식물원의 생물들은 봄을 만끽해. 뱀과 너구리는 겨울잠에서 깨어나고, 새들은 노래를 시작하지. 그중에서도 가장 부러운 생물을 꼽으라면, 나는 망설임 없이 '벌'을 고를 거야.

식물원에서는 벌을 쉽게 만날 수 있어. 형형색색 꽃들로 가득한 식물원의 벌들은 꽃 뷔페를 즐기듯 정원을 유유자적 누비지. 노란 덩어리 속에 파묻힌 벌들을 보고 있으면, 벌 팔자가 상팔자라는 생각이 절로 들어. 그래서 봄만 되면 동료에게 "다시 태어난다면 식물원의 벌이 될 거예요."라는 말을 습관처럼 하곤 했어.

일반적으로 일벌의 수명은 4주에서 6개월 정도래. 어떤 벌들에게 봄은 생의 대부분일 수도 있는 거야. 겨울이 아직 머무는 자리에서 풍년화와 복수초가 피는 봄, 샛노란 수선화가 나팔을 불고 튤립이 무리 지어 피는 봄, 생강나무와 산수유 꽃이 폭죽처럼 터지는 봄, 목련과 벚꽃이 밤길을 밝히는 봄, 동그란 민들레꽃이 들판을 가득 채우는 봄, 아까시나무 향이 가득한 봄, 조팝나무와 해당화가 피어나는 봄……. 그 벌들에게 봄은 어떤 의미로 남을까?

그런데 이토록 풍요로운 봄에도 탈진해 쉬고 있는 벌들을 종종 마주쳐. 기후 변화로 꽃이 충분한 꿀을 만들지 못하거나 개화 시기가 앞당겨져, 벌이 활동을 시작했을 땐 이미 꽃이 져 버린 경우가 많아졌기 때문이야. 해외에서는 이렇게 탈진한 벌들을 위해 설탕물을 준비해 주는 사람들도 있더라고. 그래서 나도 다짐했어. 다가오는 봄부턴 언젠가 내 동료가 될지도 모를 벌들까지 챙기는 가드너가 되겠다고 말이야.

식물원의 벚꽃 축제

언제 사람들이 식물원에 가장 많이 찾아올까?

맞아, 봄! 그중에서도 벚꽃이 만개하는 2주 정도는 단연코 최대 성수기지. 벚꽃이 흐드러지게 핀 식물원에 들어서면, 마치 분홍빛 구름 속을 걷는 기분이 들어. 신기한 건 따로 홍보를 한 것도 아닌데, 어떻게들 소식을 아는지 주말은 물론 평일까지도 인파가 몰려들어 주차장이 꽉 들어찬다는 거야. 그런 걸 보면 사람들 마음속 '최애' 봄 식물은 역시 벚나무가 아닐까 싶어.

벚꽃을 좋아하는 건 우리 인간만이 아니야. 꽃가루와 꿀을 좋아하는 등애, 호박벌, 꿀벌 같은 곤충들도 바쁘게 날아들고, 새들까지 모여들지. 그중에서도 흥미로운 손님은 바로 참새야.

벚꽃이 송이째 떨어져 있는 자리를 올려다보면, 나무 위에 앉아 있는 참새를 발견할 가능성이 높아. 참새의 부리는 짧아서 꿀샘까지 닿질 못하거든. 그래서 꿀샘이 있는 부분을 송이째 뚝 끊어 꿀만 빨아 먹고는, 퉤 하고 버리는 거지.(처음엔 누가 일부러 꺾은 줄 알았다니까!)

그런데 말이지, 사실 내 최애 봄 식물은 따로 있어. 이 무렵이면 식물원 곳곳이 꽃으로 가득해. 연보라빛 라일락, 진한 보랏빛 팥꽃나무, 눈처럼 흰 공조팝나무꽃, 아기자기한 앵초와 매발톱, 화려한 튤립과 수선화 같은 꽃은 물론, 심지 않아도 스스로 피어나는 풀꽃도 지천이지. 땅을 유심히 들여다보면 냉이, 서양민들레, 광대나물, 큰개불알풀, 꽃다지, 봄맞이 같은 소박하고 귀여운 꽃들이 소복히 깔려 있거든. 이런 식물들이 바로 내 최애 봄 식물들이야.

식물원에 왔다면 그곳에서만 만날 수 있는 식물에도 눈길을 주고, 저마다의 사랑스러움을 느껴 보면 좋겠어.

봄

농부가 된 가드너

모자는 필수

팔에 끼는 토시

고무장갑

바지에 장화가 붙어 있는
일명 '바지장화'

"여기에다가 논을 만들려고."

원장님이 처음 그렇게 말씀하셨을 때, 나는 농담인 줄 알았어.
식물원에서 벼농사라니, 말도 안 되잖아. 그런데 입사한 지 딱 한
달 만에 넓은 습지원은 논으로 바뀌었고, 나는 벼농사 담당이 되
어 있었어. 그것도 '토종 벼' 농사라니……

살면서 벼농사를 지어 본 사람이 얼마나 될까? 가족 중에 농
부가 있거나, 체험 학습으로 일부러 신청하지 않는 이상 직접 해

볼 기회는 거의 없을 거야. 나 역시 도시에서만 살아서 벼농사는 사진으로만 봐 왔는걸.

처음 모내기를 준비할 땐 정말 막막하더라. 유튜브를 아무리 뒤져도 모내기 영상은 대부분 비슷했어. 벼 모종을 손에 들고 탁한 물속에 '복복복' 심는 장면이 전부였지. 그래서 나도 막연히 그렇게 하면 되겠다고 생각했어.

하지만 시험 삼아 장화를 신고 논에 들어가 보니, 걷는 것부터가 전쟁이었어. 진흙에 발이 쑥쑥 빠져서 한 발 떼는 것도 여간 어려운 게 아니었지. 모 심는 연습을 하겠다며 잡초를 한 움큼 쥐고 손을 넣었는데, 작은 물결이 일더니 잡초 주변에 덮여야 할 진흙 알갱이가 흩어지지 뭐야? 그 바람에 물이 더 탁해져서, 잡초가 심어진 건지 아닌 건지 확인할 길이 없었지. 결국 모래성을 쌓듯 주변 진흙을 손으로 양껏 끌어다가 잡초를 간신히 파묻었어.

대망의 모내기 날, 모든 게 완벽했어. 이미 머릿속으로 여러 번 시뮬레이션을 해 보고 연습도 해 봤으니까. A 선생님은 못줄 담당, B 선생님은 구령 담당, C 주임님은 간식 담당, 나는 남은 직원들에게 모내기 요령만 잘 알려 주면 끝! 그렇게 믿었어.

하지만 시작과 동시에 나의 자신감은 빠르게 증발됐어. 빨리 끝내 버리고 싶은 마음에 직원들이 한 구멍에 원래 심어야 할 양보다 훨씬 많은 모를 왕창 심어 버린 거야. 결국 아직 논에 공간

이 남았는데, 모가 부족한 사태가 벌어졌어. 그 순간 내 머릿속은 새하얘졌어.

누군가는 '너무 많이 심어서 그렇다'고 했고, 누군가는 '모를 애초에 적게 사온 것 아니냐'고 했고, 또 누군가는 '어쨌든 할 일 다 했으니 새참 시간을 갖자'고 했어. 그 사이에서 한동안 난 갈팡질팡하며 진땀만 흘렸어. 분명 내 머릿속의 시뮬레이션은 깔끔했는데, 현실은 정말 녹록지 않았지. 누가 그랬잖아. '인생은 가까이서 보면 비극, 멀리서 보면 희극'이라고. 그날 난 그 말의 의미를 뼛속까지 깨달았어.

그럼 모자랐던 모는 어떻게 했냐고? 한 달쯤 지나, 자리를 잘 잡은 모를 하나씩 뽑아서 빈자리마다 옮겨 심었지. 한 편의 시트콤 같은 상황이었지만, 결국 어떻게든 논은 완성됐어.

모내기를 통해 나는 참 많은 걸 배웠어. 식물원에서 일하려면 식물도 알아야 하지만, 사람도 알아야 한다는 것. 그리고 혼란스러운 현장을 이끌어야 할 땐 결단력이 필요하다는 것! 그 사실을 온몸으로 깨닫게 해 준 경험이었어.

잡초와의 전쟁

냉이, 조뱅이처럼 땅에 납작 붙은 로제트 식물들이 꽃을 피우기 시작하면, 식물원의 잡초 뽑기도 본격적으로 시작돼.

하지만 잡초 뽑기의 진짜 시즌은 여름이지!(가드너라면 누구나 동의할걸.) 여름 잡초의 생명력이란 정말이지 징글징글하거든! 분명 한 주 전에 하나도 안 남기고 뽑았는데, 며칠 다른 일 좀 하고 돌아보면 언제 그랬냐는 듯 다시 주인 없는 정원처럼 변해 버려.

"연주 씨, C 정원 좀 신경 써요." 이런 말을 들으면 얼마나 억울했는지 몰라. 하지만 정원은 이미 지저분해졌고, 억울함을 말해 봤자 소용없잖아. 엉덩이 방석, 장갑, 호미, 자루를 챙겨 터덜터덜 정원으로 나서는 수밖에. "지난주에 진짜 다 뽑았는데요……." 하고 볼멘소리를 내뱉으면서 말이야.

편의상 잡초라고 부르는 이 풀들은 알고 보면 저마다 이름이 있는 멋진 식물들이야. 그리고 잡초의 세계는 파고들면 파고들수록 신기하지. 몇 가지 흥미로운 잡초를 소개할게.

조뱅이는 길쭉한 줄기를 멀리까지 뻗으며 자라는 식물이야. 심지어 그 줄기에서 또 새로운 순이 나고. 그래서 조뱅이를 뽑을 땐 호미로 거칠게 쑤시는 대신 살살 긁어서 중심 뿌리를 당겨야 해. 그러면 주위에 퍼진 줄기까지 한 번에 뽑을 수 있지. 말 그대로 일망타진!

반면 토끼풀처럼 줄기 마디가 연약한 식물들은 호미가 닿거나 조금이라도 세게 당기면, 뿌리를 보기도 전에 줄기가 뚝 끊겨 버려서 제거하기가 어려워. 그렇다고 잘린 토끼풀 줄기를 방치했다간 어마어마한 광경을 보게 될지도 몰라. 토끼풀은 옆으로 계속 뻗으며 마디마다 뿌리를 내리기 때문에 끊긴 자리에서 곧 다시 자라거든.

씀바귀도 까다로운 녀석이야. 돌 틈 같은 미세한 공간에서도 잘 자라는데, 이런 데는 호미도 손도 들어가지 않아. 흙 위로 자란 줄기를 붙잡고 조심스럽게 당기지만, 대개 중간에서 뚝 끊기고는 얄미운 흰 유액만 남기지. 유액이 장갑에 묻는 걸 느끼며 계속 뽑다가, 결국 손에 잡히지 않으면 멈춰야 해. 그때가 되면 우리는 깨닫게 되지. 우리가 이 작은 녀석에게 또 졌단 걸. 이 녀석은 다시 자랄 거란 걸.

아! 괭이밥도 빼놓을 수 없어. 잘못 건드리면 씨앗이 팝콘처럼 사방으로 팡팡 튀고, 오히려 그걸로 후손을 더 퍼뜨리는 식물로 유명하지.

징글징글하다고 말해 놓고 잡초에 대해 너무 잘 아는 거 아니냐고? 정말 잡초가 싫은 게 맞냐고?

이제 고백할게. 사실은 나, 잡초랑 친해!

잡초를 뽑다 보면 어느새 그 애들과 친해져 있어. 뽑는 동안 정원 식물에서는 못 보던 뿌리, 잎, 꽃을 발견하고 들여다보는 재미도 느낄 수 있고, 어릴 때부터 도시에 살면서 봐 온 식물들도 대부분 잡초였으니까. 미운 정, 고운 정 다 들었달까. '산신령이 나타나 정원의 잡초가 아예 안 자라게 해 주겠다고 하면 어떻게 할까?' 이런 상상을 한 적도 있어. 처음엔 기뻐서 뛸 듯이 좋아하겠지만, 아마 한 계절만 지나면 이렇게 말할 거야. "산신령님, 잡초 좀 돌려주세요. 잡초가 없으니 정원을 가꾸는 게 재미없어요!"

잡초를 뽑기 전엔 내내 구시렁거리지만, 사실 나는 식물원에서 잡초 뽑는 시간이 제일 좋아. 창의력을 써야 하는 일도, 두리번거리며 머리 쓰는 일도 재밌지만, 눈앞의 잡초를 묵묵히 뽑고 있으면 어느새 개운함의 경지에 도달하거든. 잡생각이 들어올 틈이 없달까? 어찌 보면 명상과도 비슷한 것 같아.

그렇게 쪼그려 앉아 잡초를 뽑다가 찌뿌둥한 몸을 일으켜 정원을 둘러보면, 어느새 말끔해진 풍경이 눈앞에 펼쳐져. 그 순간 두 눈엔 아름다움이, 가슴엔 뿌듯함이 차오르지. 오롯이 내 손으로 만든 빛나는 풍경이니까. 이 맛에 가드너를 한다니까.(물론, 이 풍경이 얼마나 갈지는 모르지만 말이야.)

여름

잡초와 함께 빙고 게임

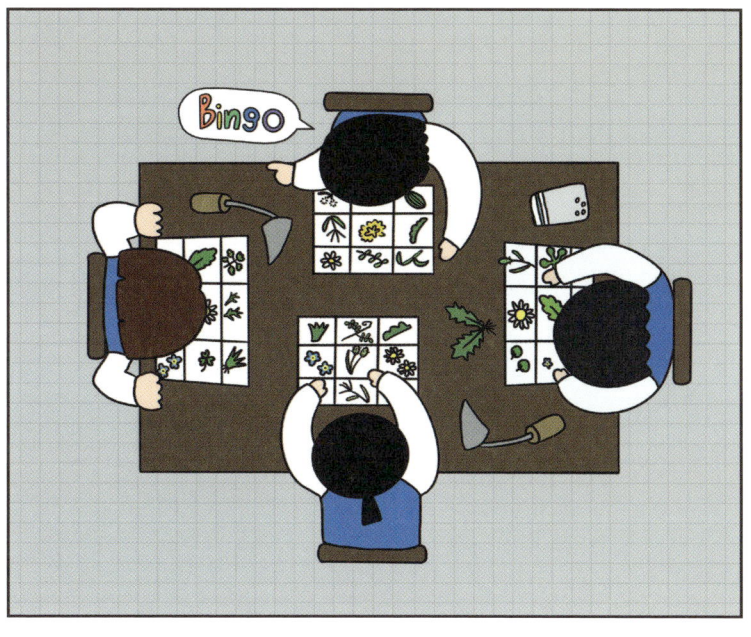

식물원에서 내가 정식으로 맡았던 업무는 교육과 전시였어. 해설 프로그램을 기획하기도 했지.(가드너는 정말 다양한 일을 한다니까!) 그중에서도 가장 기억에 남는 건, 근처 중학교의 자유 학기제 수업을 맡았던 일이야.

중학생과 함께하는 수업이다 보니 '어떤 주제로 하면 나도 자신 있고, 아이들 기억에도 남을까?' 고민이 많았어. 마침내 야심 차게 정한 첫 수업 주제는 일명 잡초로 불리는 '도시 식물'! 잡초는 내가 특히 좋아하기도 하고, 무엇보다 아이들이 길을 걸으며 쉽게 볼 수 있는 식물이기도 하니 첫 수업에 이보다 더 적절한 주제는 없겠다 싶었지.

수업을 준비하며 들뜨고 설레는 한편, 혹시 나만 신나는 건 아닐까 걱정도 됐어. 아이들이 어려워하거나 시시해하는 최악의 시나리오까지 대비해야 했지.

그때 문득 하나 떠오른 게 있었어. '그래, 잡초를 뽑아서 빈칸을 채우는 빙고 게임을 하자!' 아이들에겐 신나는 탐험이고, 식물원 직원들 입장에선 손 안 대고 잡초를 없앨 기회이니 일석이조의 묘안이잖아.

드디어 첫 수업 날, 어찌나 긴장했던지 세세한 장면은 잘 기억도 나지 않아. 아이들이 집중하고 있는지, 이해는 잘 하고 있는지 살피느라 정신이 없었거든. 수업이 끝난 뒤 함께 진행한 직원 분이 아이들이 꽤 몰입했고, 마지막 게임은 특히 적극적으로 참여했다고 살짝 귀띔해 줬어. 그제야 마음이 놓이더라.

남은 수업들은 조금씩 다듬고 보완했어. 언젠가 아이들이 길가의 잡초를 보고 '그때 수업에서 봤던 식물이잖아?' 하고 떠올릴 수 있도록.

하늘이 주는 여름휴가

　다들 여름 하면 찌는 듯한 더위를 먼저 떠올리겠지만, 난 장마가 가장 먼저 생각나. 장마야말로 여름의 백미지.

　하지만 가드너에게 장마는 양날의 검이야. 비가 듬뿍 와서 물을 줄 필요 없고 식물들이 쑥쑥 자라서 행복하지만, 잡초도 덩달아 무섭게 자라는 시기니까. 또 보슬비가 내릴 땐 우비를 입고 일해야 하지만, 장대비가 며칠이고 쏟아지면 어쩔 수 없이 야외 작업이 중단되지. 하늘이 가드너에게 주는 여름휴가 같은 거랄까.

물론 본격적인 여름휴가가 오기 전에 몇 가지 대비는 필요해. 비가 너무 많이 쏟아지면 식물이 쓰러지고, 많은 양의 물이 이동하면서 물길이 생기는 등 정원에 여러 문제가 생기거든. 그래서 장맛비 예보가 들리면 가드너들은 담당 정원으로 분주히 움직여. 쓰러질 만한 나무에 지지대를 세우고, 물에 잠길 곳을 미리 점검하고 자갈로 배수로를 만들거나 막힌 곳을 뚫고, 쓰러질 것 같은 풀은 미리 묶어 줘야 해.

식물원에 들어간 첫해, 드디어 기다리던 장마가 시작됐어. 첫 주엔 뜻밖의 여름휴가에 다들 들떴어. 시원한 사무실에서 서류나 식물 사진을 정리하고, 오랜만에 한자리에 모인 가드너끼리 수다도 떨고, 사다리 타기로 아이스크림 내기도 하면서 여유롭게 시간을 보냈지.

그해엔 유난히 비가 많이 왔어. 뉴스에서는 역대급 장마다, 한강이 범람했다, 편의점이 절반 넘게 잠겼다, 연일 이런 소식이 들려왔지. 사흘이 지나도 비가 그칠 기미가 안 보이자 우리는 점점 불안해지기 시작했어. 결국 누가 시킨 것도 아닌데 하나둘 우비를 입고, 우산을 쓰고, 주섬주섬 정원을 살피러 나갔어.

역시나, 논 한가운데 벼가 단체로 누워 있었고, 다알리아는 무거운 꽃에 빗방울까지 얹혀 줄기째 고개를 푹 숙인 모습이었지. 큰 그라스류는 사방으로 쓰러져 있었고. 잘라 줄 건 잘라 주고,

묶어 줄 건 묶으면서 문득 궁금해졌어. '이 정도면 올해만 유난히 심한 건가?'

생각해 보면 나는 지금까지 일생의 대부분을 실내에서 보냈어. 학교, 학원, 집 모두 실내였으니까. 그래서인지 날씨에 대한 감각이 거의 없더라고. "작년보다 올해 봄은 유난히 따뜻하네."라는 말을 들어도 실감하지 못했어. 가드너가 되기 전까지 나에게 계절의 변화는 그저 오늘 우산을 챙겨야 할지, 두꺼운 옷을 입어야 할지 같은 사소한 고민거리일 뿐이었거든.

그날 난 좋은 가드너가 되기 위한 첫걸음으로, 날씨 감각을 되살려 보겠다고 마음먹었어. 그리고 다짐했지. "작년 겨울엔 눈이 유난히 많이 왔는데." 하고 조용히 기억을 꺼내던 선배 가드너처럼, 단순히 날씨를 관찰하는 걸 넘어서 계절을 몸으로 겪고 기억하는 사람이 되어야겠다고.

내가 장마를 좋아하는 또 하나의 이유는, 정원을 실컷 구경할 수 있어서야. 사실 가드너에게 정원을 만끽할 시간은 많지 않아. 업무 시간엔 일하느라 바빠서 정원을 감상하는 건 사치에 가깝지. 하지만 장마 기간만큼은 다들 쉬니까, 마음 편히 정원을 돌아볼 수 있어.

게다가 비 오는 날의 정원은 정말 특별해. 직원도, 관람객도 없는 조용한 식물원에 오롯이 나와 정원뿐이야. 우산 위로 떨어지는 빗소리에 다른 소음은 들리지 않고, 우산 속 세상은 마치 편안한 소파에 앉은 듯한 아늑함을 주지. 그렇게 천천히 이곳저곳을 둘러봐. 비 오는 날의 정원은 색이 더 또렷해지고 빛이 한 톤 내려앉아 묘한 아름다움이 있어.

눈이 시릴 만큼 선명한 일본조팝나무의 레몬빛 잎사귀 사이로 고개를 내민 분홍꽃과 꽃잎 위에 맺힌 반짝이는 물방울. 덤불 속에 몸을 숨긴 넓적배사마귀 유충과 잎 뒷면에 날개를 꼭 접고 앉아 있는 남방부전나비까지. 비 오는 날 정원에서 이런 뜻밖의 장면들을 발견할 때마다 나는 들떠서 종알거리며 사진을 찍어. 혼잣말을 한다고 핀잔 줄 사람 하나 없는, 온전한 나만의 시간. 그 순간이 바로 내가 식물원에서 가장 좋아하는 시간이야.

정원에 물 주기

식물에 물 주는 걸 한자어로 '관수'라고 해. 관수는 가드너에게 가장 기초적인 일인 동시에 가장 어려운 기술이야. 식물의 상태와 환경을 두루 이해해야 하거든. 식물이 목이 마른지 아닌지, 화분에 심겨 있는지 노지에 있는지, 진흙처럼 물 빠짐이 나쁜 토양인지 자갈처럼 물이 금방 빠져나가는 토양인지도 고려해야 해. 겉흙의 상태도 살펴야 하지. 겉흙이 딱딱하게 굳어 있으면 물이 흡수되지 못하고 표면에서 증발할 수도 있으니까.

물도 중요해. 내가 일했던 식물원에선 지하수를 사용했어. 곳곳에 지하수를 끌어올리는 장치가 설치돼 있어서, 관수를 하려면 그 위에 'QC 밸브'를 달아야 했지. 문제는 이 밸브가 통쇠로 되어 있단 거야. 여기에 연결해야 할 호스는 굵은 데다 무겁기까지 했는데, 심지어 이 둘을 함께 옮겨야 했지.

이게 다가 아니야. 대부분의 호스에 물을 고르게 분사해 주는 노즐이 없어서, 손가락으로 호스 끝을 눌러야 했거든. 물을 넓게, 멀리, 골고루 뿌리려면 나름의 요령을 익혀야 했어.

그리고 가장 중요한 건 물을 얼마나 줬는지 판단하는 일! 물이 땅속에 제대로 스며들었는지, 얼만큼 흡수됐는지 확인해야 해. 한 시간 넘게 물을 줬는데, 땅을 파 보면 고작 1cm도 스며들지 않은 경우도 종종 있었어. 자연스럽게 내리는 비가 정원엔 가장 좋은 관수인 이유지. 그래서 가드너들은 새로운 정원을 만들거나 식물을 심을 계획이 있으면, 비가 오기 전날이나 오후에 비 예보가 있는 날을 택해.

참, 물을 다 준 뒤 긴 호스 안에 남아 있는 물까지 빼야 일이 끝나는 거야. 단순해 보여도 자칫 실수하면 주변에 물벼락이 쏟아질 수 있어서 방심할 틈이 없다니까.

식물 채집 출장

가드너는 식물원 안에서만 일한다고 생각하기 쉽지만, 종종 식물원 밖으로도 나가. 박람회, 정원 대회, 학회나 콘퍼런스 같은 행사에 참가하기도 하거든.

그중에서도 내가 가장 좋아하는 일정은 식물을 채집하러 떠나는 '채집 출장'이야. 식물원 안에 심어져 있는 얌전한 식물이 아니라, 산과 들에서 자라는 야생화를 만나러 가는 거지.

채집하는 식물은 식물원마다 다르고, 채집 방식도 다양해. 특정 산의 식물군을 통째로 조사하기도 하고, 어떤 경우엔 특정 식물종만 집중적으로 모으기 때문에 전국 곳곳의 자생지로 출장을 떠나게 돼. 내가 일했던 식물원에서 조사해야 했던 건 대부분 석회암 지대에 자라는 식물이라, 강원도 지역을 자주 찾았어.

출발 전엔 몇 가지 준비물을 챙겨야 해. 채집 경로를 기록할 GPS 기기, 줄기를 자를 전정가위, 식물을 뿌리째 캐기 위한 굴취삽, 채집한 식물을 담을 지퍼 백, 식물의 이름과 정보를 임시로 적어 둘 표찰, 표본을 제작할 때 필요한 휴대용 야책(채집한 식물을 눌러 주는 도구), 수첩과 필기도구, 그리고 식물도감도 필수지.

어느 해 여름, 식물 수집 과제 담당이었던 선배 가드너를 따라간 출장이 아직도 생생하게 기억나. 여름 산은 나뭇잎이 우거져 햇빛은 가려졌지만, 풀숲이 너무 울창해서 한 걸음 한 걸음 내디딜 때마다 식물들이 발을 잡아끌었어.

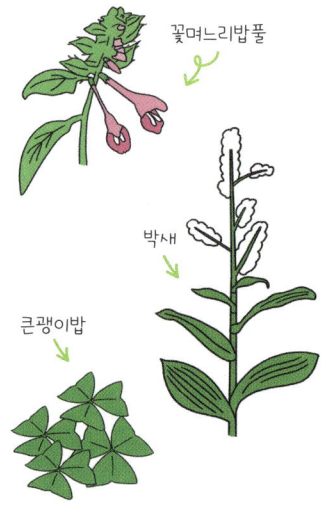

꽃며느리밥풀

박새

큰괭이밥

낯선 지역에 가니 큰괭이밥, 꽃며느리밥풀, 박새같이 처음 보는 식물들이 속속 눈에 들어오더라. 그런데 그럴 때마다 멈춰 서서 식물 이름을

묻다 보니, 계획한 경로의 절반도 못 간 거야. 해는 이미 기울고 있었고.

다행히 우리가 찾던 식물은 무사히 채집했지만, 반나절 넘는 산행 끝에 모두 말수가 줄었어. 들리는 건 숨소리뿐이었지.

누군가 내뱉은 "다 왔다!"라는 말에 또 속았다며 구시렁거리기도 했지만, 다들 그 고생이 결국 좋은 기억과 경험이 될 걸 알았기에 킬킬거리며 웃었어.

멧돼지야, 우리 간다!

중간중간 멧돼지가 파헤친 흔적이 눈에 띌 때면 모두가 바짝 긴장했어. 지금은 웃으며 말할 수 있지만, 그땐 정말 아찔했어. 걱정을 떨치기 위해 우리는 "멧돼지야, 우리 간다!"를 구호처럼 외치며 어두컴컴한 산을 무사히 내려왔지.

고생했으니 맛있는 저녁밥을 배부르게 먹고 쉬었을 것 같지? 하지만 아직 할 일이 남아 있었어. 실내에 돌아오면 본격적인 표본 제작이 시작돼. 채집한 식물은 상하기 전에 표본으로 눌러야 하거든.

먼저 현장에서 지퍼 백에 담아 두었던 식물, 그리고 식물 이름과 채집 위치, 날짜 등을 적은 임시 표찰을 꺼내. 그런 다음 신문지나 종이 위에 식물을 펼쳐 넣고, 야책으로 단단히 눌러 놔야해. 표찰도 함께 붙여 주고. 이 작업을 반복하는 거야. 게다가 뿌리째 채집한 식물은 식물원으로 가져가 심어야 하니, 출장을 마쳐도 미션은 계속 남아 있는 거지.

고되고 땀도 많이 나지만, 그만큼 다양한 식물을 눈앞에서 만나고 직접 배울 수 있다는 점이 채집 출장의 매력이야.

가을

식물원의 터줏대감, 봉사자 선생님

　대부분의 식물원은 봄부터 가을까지 봉사자 선생님들을 모집해. 직원들이 세세하게 신경 쓰기 어려운 부분을 주로 그분들께 부탁드리는데, 식물원 내부를 안내하는 해설사나 함께 정원을 관리할 분들을 모집하는 경우가 많아.

　내가 일했던 식물원엔 처음 문을 열 때부터 무려 10년 넘게 매주 빠짐없이 정원을 돌봐 준 분들이 계셨어. 직원들보다 더 오랜 시간 식물원의 사계절을 지켜봐 주신, 진짜 터줏대감들이지.

그분들과 함께 여러 일들을 했어. 주로 잡초를 뽑았고, 필요할 때면 무궁화나 나무수국, 온실 식물들을 가지치기했지. 가을엔 낙엽 정리도 했고. 어떤 일이든 능숙하게 척척 해내시는 분들이라 작업 속도도 빠르고, 식물원 사정도 잘 아셔서 함께 일하기도 편했어. 정말 고마운 분들이지.

또 좋았던 건, 연세 지긋하신 분들이 많아서 항상 고구마, 과일, 빵 같은 맛있는 간식을 챙겨 오셨다는 거야. 몇 년씩 같이 일하다 보니 자연스럽게 서로 이런저런 삶의 이야기도 나누게 됐고. 사돈의 팔촌 이야기부터 귀여운 손주 자랑, 동네 통장이 되어 아파트 정원을 바꾼 이야기, 은퇴 후 남편과 함께 시작한 운동 이야기까지. 손을 바쁘게 움직이는 와중에도 수다는 얼마든지 떨 수 있으니까. 내가 끼기엔 조금 먼 어른들의 이야기들이었지만, 열심히 맞장구치며 듣고 있으면 얼마나 재밌던지. 어느 순간부터는 이 시간 자체가 기다려질 정도였어.

그분들을 보면서 나도 나중에 나이 들어 식물원 봉사를 하게 된다면 정말 좋겠다는 생각이 들었어. 어떤 직업이나 보상을 바라는 게 아니라 그 활동 자체에서 보람을 느끼고, 좋은 사람들과 관계를 맺으며 사는 것, 정말 근사하지 않아?

나무들의 패션쇼

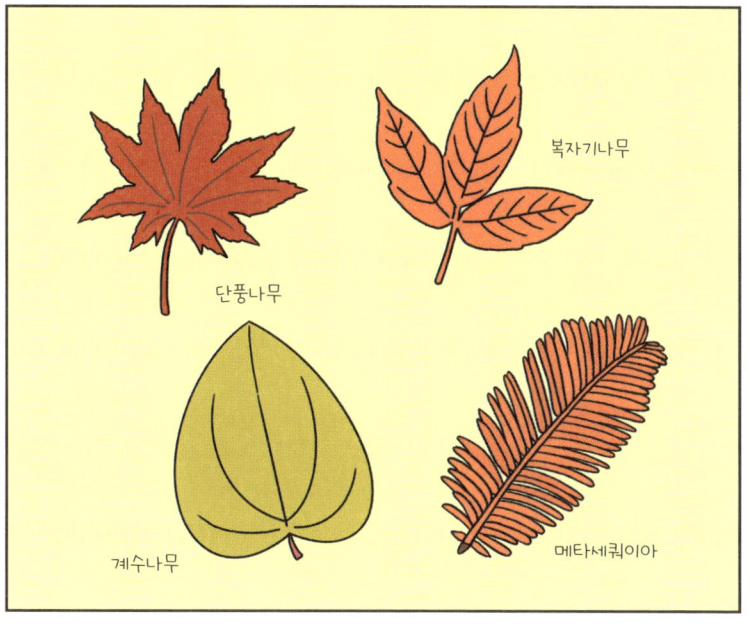

복자기나무

단풍나무

계수나무

메타세쿼이아

　가을은 봄 다음으로 식물원이 가장 북적이는 계절이야. 초가을에 접어들어 산사나무와 낙상홍이 빨갛게 익기 시작하고, 꽃사과와 주목까지 물들면 식물원은 어느새 단풍으로 뒤덮이지. 이 시기가 되면 주말 관람객 수도 부쩍 늘어나.

　보통 단풍 하면 노란색이나 빨간색만 떠올리기 쉬운데, 식물원의 나무들은 저마다 개성 있는 색으로 옷을 갈아입어. 계수나무는 노랗게, 복자기나무는 주황빛으로, 화살나무는 분홍빛으로, 메타세쿼이아는 연갈색으로 물들지.

그런데 그거 알아? 단풍나무가 잎을 붉게 물들이는 건 겨울을 나기 위한 생존 전략 중 하나라는 사실! 기온이 떨어지고 햇빛의 양이 줄어들면 나무는 월동 준비에 들어가. 이때 잎의 초록색 엽록소가 분해되면서 붉은색 색소인 '안토시아닌'이 새로 만들어지는데, 연구에 따르면 이 안토시아닌이 자외선을 차단해 뜨거운 빛으로부터 단풍나무를 보호해 주고, 해충도 막아 준다고 해.

또 땅 위에 떨어진 단풍잎은 천천히 썩어 가며 토양에 유기물을 공급하는 동시에 다른 씨앗이 싹을 틔우지 못하게 막기도 하는데, 이러한 현상을 '타감 작용'이라고 하지. 이게 다 안토시아닌이 다른 식물이 자라지 못하게 방해하는 '타감 물질'을 만들기 때문이야.

이처럼 나무는 제자리를 벗어날 수 없기 때문에, 스스로 살아남기 위한 방법을 끊임없이 만들어 왔어. 겉보기에 아름답기만 했던 단풍 속에 이런 이야기가 숨어 있다는 걸 알게 되니, 나무가 새삼 다르게 느껴지더라. 삶을 대하는 태도, 살아가는 방식에 대해서도 한 번 더 생각해 보게 됐지.

허수아비 만들기

가을엔 중학생 친구들과 '허수아비 만들기' 수업을 진행했어. 마침 여름에 심은 벼가 익어 가기 직전이라, 직접 만든 허수아비가 논에 세워진 모습을 보면 아이들도 무척 부듯해할 것 같았거든. 아이들의 창의력이 더해진다면 더욱 개성 넘치는 허수아비가 나올 거라 기대했지.(내가 이상한 허수아비를 만들면 혼났겠지만, 아이들 작품이라면 누구도 뭐라 하지 않을 거 아냐. 히히!)

준비는 생각보다 까다로웠어. 멋진 허수아비를 만들려면 그만한 재료가 필요한 법이니까. 먼저 직원들에게 안 입는 옷가지를 부탁해 모으고, 농부 모자도 구했지. 또 기둥으로 쓸 긴 각목과 천을 마련하고, 아이들이 창의력을 마음껏 펼칠 수 있도록 형형색색의 부직포도 준비했어. 어떻게 하면 정해진 시간 안에 허수아비를 완성할 수 있을지 계획도 세웠고.

역시나 아이들의 상상력은 내 예상을 훌쩍 넘었어. 짱구 허수아비를 만든 팀도 있었고, 카우보이처럼 멋진 허수아비를 만든 팀도 있었지. 만듦새나 완성도보다 중요한 건, 모든 팀이 저마다 개성을 담아 즐겁게 만들었다는 사실이야. 우리는 그저 아이들이 다치지 않도록 옆에서 목공 작업을 도와주고, 미처 완성하지 못한 부분만 살짝 보완해서 논에 허수아비를 꽂아 준 게 다였어.

그해엔 유난히 많은 사람들이 논을 지나며 발길을 멈췄어. 허수아비와 토종 벼가 어우러진 논 풍경이 그만큼 아름다웠던 거지. 수업에 참여했던 아이들도 부모님과 다시 와서 허수아비를 보지 않았을까? "저건 우리 팀이 만든 거예요! 그날 진짜 재밌는 일이 있었는데요." 하면서 신나게 얘기했을 것 같아.

직원들만 가꾸는 공간이 아닌, 지역 주민 모두가 함께 만드는 식물원이라니. 멋지지 않아?

모두의 가을 밥상

깊어 가는 가을. 장마에 쓰러졌던 벼들이 대견하게도 꿋꿋이 버텨 내고, 가을 햇살을 맞으며 익어 가고 있었어. 빳빳하게 해를 향해 자라던 벼는 점점 고개를 숙이며 쌀알을 영글게 했지.

그런데 벼가 익어 가는 걸 가장 먼저 알아챈 건 다름 아닌 참새들이었어. 어떤 볍씨가 익었는지 귀신같이 알아내더라고. 우리가 심은 토종 벼는 품종마다 수확 시기가 조금씩 달랐는데, 수확 시기를 놓쳐 먼저 익어 버린 벼는 참새들의 먹이가 됐어.

처음엔 '쟤들이 얼마나 먹겠어?' 하며 참새를 얕봤지. 그런데 일주일도 안 돼서 낟알 하나 없이 너덜너덜해진 벼와 점점 포동 포동 살이 오르는 참새들을 보고 말문이 턱 막혔어.

결국 난 '논 전체가 참새들의 잔칫상이 되는 사태는 막아야 해. 남은 벼라도 지키자!'라는 일념으로 나머지 벼들이 익었다고 판단하자마자 급히 수확에 나섰지.

그런데 벼를 베는 건 생각보다 쉽지 않았어. 나는 몸 쪽으로 날을 당기며 베었는데, 어르신들은 가장자리에서 안쪽으로 날을 돌리면서 베시더라고. 곁눈질로 따라 하긴 했지만, 실력 차이는 확실했어. 낫질 속도도 눈에 띄게 달랐지.

다행히 그다음 단계들은 꽤 할 만하더라. 수확할 때가 되면 논에서 물을 빼기 때문에, 장화 대신 운동화를 신고 딱딱해진 논바닥을 걸을 수 있어서 모내기보다 훨씬 수월했거든.

우선 베어 낸 벼는 한 단씩 비슷한 양으로 묶어 논에 눕혀 놨어. 특이한 점은 노끈 대신 벼 줄기를 이용해 묶는다는 거야. 벼는 겉으로는 하늘하늘해 보여도 가장자리가 의외로 거칠어서, 줄기를 빙 둘러 배배 꼬아 주면 서로 맞물려 잘 풀리지 않거든.(볏짚으로 만든 짚신을 떠올리면 이해가 될 거야!)

그렇게 묶어 놓은 볏단은 탈곡(벼 이삭에서 낟알을 떨어내는 일)이 잘되도록 3일 정도 뒤집어 가며 햇볕에 충분히 말렸어.

참, 일종의 퍼포먼스도 기획했어! 탈곡 과정을 관람객들에게 보여 주려고 옛날식 수동 탈곡기를 빌려 온 거야. 철 고리가 박힌 원통을 발판으로 굴리면 고리가 벼를 두드리고, 낟알이 바닥으로 우수수 떨어졌지. '털털털' 돌아가는 기계 소리와 '타다다닥' 낟알 떨어지는 소리가 가을 논을 가득 채웠어.

어느새 품종별로 색이 조금씩 다른 낟알이 소복하게 쌓였고, 정미소에 도정(낟알의 껍질을 벗겨 쌀로 만드는 일)을 맡기면서 6월부터 11월까지 이어진 벼농사는 대단원의 막을 내렸지.

그 당시 코로나 때문에 수확한 쌀로 떡을 나눠 먹으려던 계획은 무산됐지만, 한 번 해 보니 다음엔 더 잘할 수 있을 것 같았어. 참새들에게 이번처럼 마음껏 먹을 수 있는 잔칫상을 차려 주진 말아야겠다 다짐도 했고.

안녕, 낙엽 이불

농부들에게 가을은 한 해의 결실을 거두는 계절이지만, 가드너에게는 다가오는 겨울을 준비하는 분주한 시기야. 형형색색의 단풍이 점점 빛을 잃고 잎이 떨어지는 늦가을이 시작되면, 낙엽을 부지런히 치워야 하지.

산에선 낙엽이 자연스럽게 분해되면서 천연 비료로 변하잖아. 하지만 금방 분해되는 건 아니라서 우리는 낙엽을 따로 모아 퇴비장에 넣었어. 정원에 낙엽이 그대로 쌓이면 키 작은 식물들이 덮여서 자라지 못하거든.

물론 따뜻하게 겨울을 보내야 하는 식물들 위엔 일부러 낙엽을 이불처럼 덮어 주기도 해. 수국이나 장미, 수선화 같은 식물들은 겨울 동안 새순이 얼지 않도록 울타리를 두르고, 그 안에 낙엽을 잔뜩 깔아 보온층을 만들어 주지.

낙엽을 치우는 동안 바스락바스락 낙엽 밟는 기분이 얼마나 좋은지 몰라. 낙엽 밟는 소리는 다 비슷할 것 같지만, 식물 종류에 따라 꽤 달라.

메타세쿼이아 잎은 얇고 부드러워서 바닥을 촘촘히 덮어 줘. 그래서 밟을 때 소리도 작고, 발바닥에 신경을 집중하면 살짝 폭신한 느낌도 들어.

우리가 흔히 아는 가을의 소리를 내는 건 잎이 넓고 바짝 마른 낙엽들이야. 벚나무나 느티나무 잎은 넓고 뻣뻣해서 바스락거리는 소리가 또렷하게 들리지. 양버즘나무도 마찬가지고.

그런데 낙엽을 밟을 때 기분이 좋아지는 이유가 과학적으로 밝혀졌대. 촉촉한 낙엽은 저주파 소리를 내서 마음을 안정시키고, 바짝 마른 낙엽은 중·고주파 소리를 내서 일정한 간격으로 들으면 정신을 맑게 해 준다는 거야. 그러니 낙엽을 걷어 내는 일이 가드너에겐 단순한 노동이 아니라 힐링인 셈이지.

새를 보러 식물원에 오는 사람들

　식물원에선 다양한 동물들도 만날 수 있어. 내가 일했던 식물원 바로 옆엔 작은 산과 한때 저수지였던 연못이 있어서 특히 새들이 많이 날아들었지.

　봄이면 '힉힉힉힉' 울며 짝을 찾는 청딱따구리 소리로 가득 찼고, 입하가 되면 마치 달력을 보고 찾아온 듯 아침부터 아련한 '뻐꾹뻐꾹' 뻐꾹새 소리가 들려왔어. 한낮엔 '호호~ 휘호~' 꾀꼬리 노랫소리가, 늦은 오후가 되면 소쩍새, 호랑지빠귀, 솔부엉이의 스산한 울음소리가 퍼졌고. 가을이면 울새, 유리딱새 같은 새들이 조잘거리며 지나갔어.

겨울이야말로 새를 관찰하기 가장 좋은 계절이야. 추운 계절을 버티려고 털을 잔뜩 부풀린 '털찐 새'들이 가득해서 관찰하는 재미가 있지. 게다가 멀리서 들리는 울음소리로만 새의 존재를 확인할 수 있는 계절들과 달리, 겨울엔 나무에 앉아 있거나 물 위에 떠 있는 새들을 쉽게 볼 수 있거든. 잎이 다 져 버려서 몸을 숨기기 어려워지니까. 특히 청둥오리, 콩새, 밀화부리, 황여새 같은 겨울 철새들이 식물원을 자주 찾았어.

그래서인지 새를 보러 식물원을 찾는 사람들이 꽤 있었어. 대부분 모자를 쓰고 쌍안경이나 '필드스코프'라는 큰 망원경을 들고 다니지. 엄청 크고 긴 렌즈가 달린 카메라를 든 사람도 많아. 식물을 찍을 때는 그렇게 큰 렌즈가 필요 없으니까 한눈에 '아, 새 보러 왔구나!' 하고 알아볼 수 있어. 특히 귀한 철새가 머무는 날엔 많은 사람이 저수지 근처에 자리 잡고 둥지와 새끼를 촬영하기 위해 하루 종일 기다리곤 해.

나도 새 관찰을 좋아하지만 저수지 주변 화단을 밟고, 새들이 스트레스를 받든 말든 셔터를 누르는 사람들을 보면 눈살이 찌푸려지곤 했어. 멋진 사진보다 중요한 건, 다른 생명체를 존중하는 마음과 작은 배려인데 말이지.

씨앗 창고 정리하기

　가드너에게 장마철이 여름휴가라면, 겨울은 하늘이 내려 준 긴 방학 같아. 영하의 매서운 추위 속에서 따뜻한 온실 식물을 제외하고는 돌봐야 할 식물이 거의 없거든. 그래서 일을 하고 싶어도 할 수 없는, 묘하게 들뜨고 설레는 계절이지.

　"너무 좋아하는 거 아니야?"라고 묻는다면? 솔직히 아무리 식물을 좋아한다고 해도 매일 일하는 것까지 좋아하는 가드너는 없을걸!

그렇다고 가드너들이 겨우내 손 놓고 있는 건 아니야. 이 계절에만 할 수 있는 일, 여유로운 겨울에 꼭 끝내야 하는 중요한 작업이 있어. 바로 '씨앗 창고 정리'야.

봄, 여름, 가을 동안 각 정원에서 씨앗을 채집하고 꼬투리째, 혹은 열매째로 말려 두는데, 그중 알차고 건강한 씨앗만 골라내는 '정선' 작업이 주된 일이지. 씨앗을 미리 정선해 두면 좋지만 식물이 한창 자라는 계절엔 늘 뒷전으로 밀리기 때문에, 겨울에 한꺼번에 정선 작업을 끝냈어.

정선 작업을 하러 가드너들이 모두 온실로 모인 날이었어. 정선 담당 가드너님의 설명이 시작됐지. 정선한 씨앗은 약 4℃로 유지되는 냉장고에 저장해 두었다가 봄에 뿌릴 거라고 하셨어. 그래야 씨앗의 수명이 잘 유지된다고 말이야.(집에서도 씨앗을 보관할 땐 냉장고가 제격이겠지?)

평소 채집한 씨앗들은 검은색 트레이에 신문지를 깔고 그 위에 말려 두는데, 그날 보니 그 트레이들이 십자 모양으로 차곡차곡 쌓여 있는 거야. 나는 씨앗다람쥐답게 트레이를 하나하나 들춰 보며 씨앗을 구경했어. 비누풀, 다이어스캐모마일, 뱀무, 산조팝나무…… 이름만 들어도 설레는 식물의 씨앗들이 잔뜩 쌓여 있었지. 마치 보물 창고에 들어온 기분이었달까.

씨앗은 종류마다 정선 방법도 제각각이야. 날개가 붙어 있어서 장갑으로 비벼야 날개가 떨어져 나가는 씨앗도 있고, 붓꽃 씨앗처럼 꼬투리를 탈탈 털기만 하면 깔끔하게 모습을 드러내는 녀석들도 있지. 갈고리가 달린 씨앗들은 조심스럽게 다뤄야 해. 갈고리가 장갑에 걸리거나 손끝을 찌르기도 하거든.

갈색 부스러기 속에서 윤기 나는 씨앗만 골라내는 일은 그 자체로도 즐겁지만, 특히 손맛이 살아나는 순간이 있어.

바로 '키질'할 때지! 채는 씨앗보다 큰 이물질을 거르기엔 좋지만, 가벼운 부스러기나 쭉정이 씨앗을 골라내는 덴 한계가 있거든. 눈으로 하나하나 걸러 내려면 시간도 많이 걸리고. 이럴 때 필요한 게 '키'야.

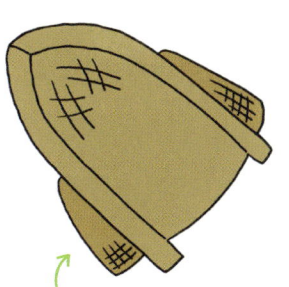

키

씨앗과 부스러기가 뒤섞인 덩어리를 키에 담아 위로 들어 올렸다가 당기면, 가벼운 찌꺼기들은 날아가고 속이 꽉 찬 씨앗만 남아. 찰진 손맛과 함께 눈앞에 모여드는 까만 씨앗을 보고 있으면 절로 기분이 좋아져. 특히 맨드라미 씨앗처럼 까맣고 윤기 도는 씨앗을 정선할 땐, 물가에서 사금(강가나 하천 바닥의 모래 또는 자갈 속에 섞여 있는 금)을 찾는 '사금 헌터'가 된 것 같아 흥분되기까지 해.

그렇게 씨앗에 집중하다 보면 시간 가는 줄 모르고 무아지경에 빠지곤 했어. 목이 뻐근해진 걸 느끼고서야 정신이 들지. 고개를 들어 스트레칭을 하다가 주변을 둘러보면 나처럼 고개를 푹 숙이고 씨앗을 고르는 선배 가드너들이 눈에 들어오는데, 그 모습이 참 정겹고 귀엽게 느껴지더라. 바쁜 계절들을 보내고 여유를 찾은 가드너들이 모여 사부작사부작 씨앗을 정선하는 그 모습이야말로 내가 좋아하는 겨울의 풍경이지.

그리고 또 하나, 씨앗 창고 정리하는 날의 묘미도 빼놓을 수 없어. 바로, 한숨 돌릴 겸 다 같이 둘러앉아 마시는 따끈한 코코아 한 잔. 손끝이 얼얼하다가도, 달콤한 향과 따뜻한 김이 피어오르면 마음까지 사르르 녹아 내리지.

겨울 정선 작업이 기다려지는 건, 어쩌면 이런 순간들 덕분일지도 몰라.

하늘에서 내리는 눈과 쓰레기 사이

나는 눈에 얽힌 추억이 많지 않은 편이야. 고향은 따뜻해서 눈이 거의 내리지 않는 지역이었고, 눈이 많이 오는 곳으로 이사 온 뒤에도 딱히 눈에 대한 추억은 별로 생기지 않았지. 눈이 펑펑 쏟아진다고 해도 그저 잠깐 하얗게 변한 세상에 감탄하다가 이내 해야 할 일들에 시선을 돌렸으니까.

가드너가 되고 나서야 나는 제대로 눈을 느꼈어. 식물원에서 처음 맞이한 눈은 달랐지. 정말 많이 내렸거든. 그날 눈이 순식간에 쌓이는 모습을 보며 신나 하는 나를 보고 선배 가드너들이 의미심장하게 말했어. "연주 씨, 아직 젊다!", "아직 낭만이 있구나. 눈은 하늘에서 내리는 쓰레기, 하늘의 비듬이라니까.", "곧 생각이 바뀔 거야."

선배들이 웃으며 던진 회의적인 말과 달리, 눈 덮인 식물원은 숨 막히게 아름다웠어. 황량하고 을씨년스러웠던 겨울 식물원이 순식간에 겨울 왕국으로 변했고, 흰 눈과 대비되는 검은색 나무 껍질 덕분에 식물원 전체가 더욱 선명해 보였어. 하늘은 흐렸지만 흰 눈에 빛이 반사되어 눈이 부셨고, 내 입에서는 '아름답다'는 말밖에 나오지 않았어. 정말 이런 광경을 보면서도 내가 눈을 싫어하게 될까 하는 생각이 들었지.

눈이 꽤 쌓이자 모든 가드너가 넉가래를 들고 한자리에 모였어. 식물원은 동네 주민들이 아침부터 운동하러 자주 오는 '운동 맛집'이기도 했거든. 사람들이 눈을 밟으면 치우기 어려워지니까 그 전에 서둘러 눈을 쓸어야 했지.

넉가래를 이용해 눈을 쓰는 건 생각보다 쉬웠어. 삽 부분의 각도를 잘 계산해 배에 고정시키고, 온몸을 써서 밀면 눈이 순식간에 밀려나지. 이미 밟힌 눈을 치우면 발자국 모양만 남아서, 그럴 때 마치 내가 숨은 지문이나 흔적을 찾아내는 과학 수사대가 된 기분이었어.

아무도 밟지 않은 눈을 가장 먼저 밟는 기쁨도 컸지만, 아무도 밟지 않은 눈을 치우는 것도 그 못지않은 쾌감을 주더라고. 삽의 움직임을 따라 눈이 서로 밀고 밀리며 파도 같은 무늬를 만들어 내는데, 단순한 노동을 하면서 그 아름다운 무늬를 멍하니 바라보면 마음도 차분해졌어.

눈앞에 펼쳐진 눈을 묵묵히 치우다 허리가 아파 몸을 세우고 고개를 들어 보면, 어느새 동료들과 뿔뿔이 흩어져 홀로 남는 순간이 와. 그러다 바람에 눈발이 날리면 아무도 없는 듯한 고요하고 아름다운 식물원을 마주하게 돼. 식물원에 출근하는 사람만 누릴 수 있는 마법 같은 풍경이지.

눈을 치우다 보면 재밌는 걸 발견할 때도 있어. 화단이나 담벼락 곳곳에 눈사람이 숨겨져 있거든. 오후가 되면 여기저기 조그만 '눈오리'도 생겨나. SNS에서 유명해진 눈오리 집게 알지? 눈 오는 날이면 사람들이 빼 놓지 않고 가져와서 나무 데크 위나 의자, 담벼락 위에 눈오리를 줄줄이 만들어 놓곤 했지.

눈을 끊임없이 치우다 보면, 처음엔 가볍기만 하던 넉가래가 점점 무겁게 느껴지고 팔이 둔해져. 그리고 어딘지 정확하진 않지만 등 근육이 쑤시기 시작해. 실내로 들어와 고된 팔을 앞뒤 좌우로 흔들다 보면 유독 뻐근한 곳이 있는데, 바로 날개뼈 아래 부근이야.

나는 이 부위를 '눈 근육'이라 부르기로 했어. 바닥에 쌓인 눈을 쓸 때 쓰는 근육으로, 묵묵히 눈을 치우다 보면 단단해지는 부위니까. 꽤 그럴싸하지? 이 근육이 없으면 팔 힘만으로 눈을 밀다가 금세 지쳐서 온몸으로 넉가래 막대에 힘을 실을 수밖에 없어. 그렇게 하면 편하긴 하지만, 무시무시한 경험을 하게 되는 수가 있지. 넉가래가 턱에 걸리면 막대 끝이 명치를 강타하거든. '억' 하는 소리가 절로 나온다니까!

식물원에 입사한 첫해 겨울, 열 번 넘게 눈을 쓸면서 나중엔 눈만 봐도 눈 근육이 쑤시는 것 같은 착각마저 들었어. 눈 오는 날 식물원 풍경은 아름답지만, 출근하기가 점점 싫어졌던 걸 생각하면 역시…… 선배들 말이 맞았어.

크리스마스 전시

겨울이 되면 어김없이 크리스마스 전시 준비가 시작돼.

흔히 크리스마스 전시라고 하면 거대한 트리나 반짝이는 전구, 화려한 리스 같은 걸 떠올리지만, 내가 다닌 식물원은 그런 화려한 장식과는 거리가 멀었어. 실내 공간도 넓지 않고, 포인세티아 같은 인기 있는 식물들을 대량으로 들여올 수도 없었지.

그래서 우리만의 특색을 잘 살려 보기로 했어. 식물원의 큰 장점이 뭐겠어? 돈으로 살 수 없는 다양한 자연 재료들이 여기저기 널려 있다는 거지! 커다란 나무토막도 많았고, 붉은 색 나무 껍질이 매력적인 흰말채나무를 가지치기하고 쌓아 둔 나뭇가지도 양이 꽤 됐어. 나무수국의 꽃대며 솔방울, 천일홍의 꽃들도 잘 말려 모아 두었고.

잘라 둔 나무토막으로는 아크릴 물감으로 색칠해 녹지 않는 나무 눈사람을 만들었지. 가을 전시에 사용하고 남은 구조물은 거대한 리스로 변신시켰어. 리스엔 솔방울과 말린 꽃으로 만든 작은 장신구를 달았고, 더 이상 입지 않는 바지에 솜을 넣어 산타 클로스가 나무에 콕 박혀 있는 듯한 모습도 연출했어. 또 양말목(양말을 만들 때 생기는 자투리 천)으로 만든 부엉이 장식도 나무에 달아서 포인트를 주었지.

12월 한 달 동안 전시는 계속됐는데, 사람들이 우리가 만든 리스나 나무 눈사람 앞에서 사진 찍는 모습을 볼 때마다 마음이 뿌듯했어. 눈길을 확 사로잡는 화려한 크리스마스 전시는 아니었지만, 겨울의 고요한 식물원 풍경과 자연스럽게 어우러진 특별한 전시였다고 자부해.

'내년 겨울엔 또 어떤 전시를 해 볼까?', '사람들이 눈사람 만들기를 좋아하는 걸 보니 독특한 눈사람 만들기 대회를 열어 보는 것도 재미있을 것 같아.' 이런저런 즐거운 상상과 계획을 하며 또 한 번의 겨울을 보냈어.

봄을 준비하는 티라미수 케이크

봄이 다가오면 반드시 해야 하는 일 중 하나가 씨앗 뿌리기, 즉 '파종'이야. 관람객이 들어올 수 없는 재배 온실에서는 봄에 딱 맞춰 밖으로 내보낼 튼튼한 묘들을 키우지.

그런데 씨앗을 뿌리는 일은 생각보다 쉽지 않아. 대부분의 씨앗 크기가 손톱보다 작아서 아주 섬세하게 심어야 하고, 수십 종을 한꺼번에 심다 보니 식물끼리 헷갈리지 않도록 더욱 조심해야 하거든. 무엇보다 단순한 작업을 계속 반복해야 하는 일이기 때문에, 파종은 진짜 '식물 노동'의 시작이라고 할 수 있어. 그래서 파종하는 날이 다가오면 새로 자랄 수백 개의 식물들이 기대되면서도, 거대한 숙제를 떠안은 듯 마음이 무거워지기도 해.

드디어 씨앗을 파종하는 날, 나는 트레이에 흙을 채워 넣는 일을 맡았어. 이 일을 하다 보면 나중엔 장갑을 벗어 던지게 돼. 흙의 보슬보슬하고 촉촉한 감촉을 아는 가드너에게 맨손의 유혹은 강력한 법이지.

트레이에 흙을 평평하게 채워 넣으면, 다른 한쪽에선 그 트레이에 씨앗을 뿌려. 아주 작은 씨앗은 흙과 함께 섞어서 뿌리기도 해. 그런 다음 채에 상토를 넣고 씨앗 위에 솔솔 뿌리지. 적당히 흙이 덮인 트레이에 심은 날짜, 씨앗 출처, 식물 이름을 적은 표찰을 꽂아 주고, 수량을 기록한 뒤 물을 듬뿍 주면 끝!

완성된 파종 트레이를 일렬로 쭉 맞춰 놓으면, 그 모습이 마치 카페 유리장 안에 진열된 티라미수 케이크 같아 보여. 그 순간만큼은 가드너가 아니라, 봄을 위한 티라미수 케이크를 만든 요리사가 된 기분이 들지. 수십 개의 티라미수 케이크, 아니 파종 트레이를 바라보면서 나는 속으로 외쳤어.

"자, 얼마든지 와라, 봄아!"

오늘도 N잡 하는

특이한 가드너

3년 동안 식물원에서 봄, 여름, 가을, 겨울을 보내며
반복된 업무들을 진행하다 보니 서서히 자신감이 쌓였어.

하지만 동시에 불안하기도 했지.
이게 정말 '성장'일까?
모내기를 잘하게 되는 게 내가 바라던 걸까?
좋은 가드너는 도대체 뭘까?
반복되는 일들 속에서
내 안의 반짝임이
조금씩 사라지는 기분이 들었어.

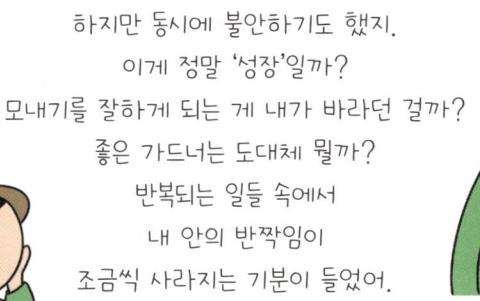

성적표가 있던 학창 시절과는 달리,
심판도, 결승점도 없는 달리기 시합을 나 홀로 하고 있는 느낌이었달까.

한참 지나서야 알았어.
어떤 경험과 배움은
책 위에 내려앉는 먼지처럼
나도 모르는 사이에
조금씩 조금씩 쌓인다는 걸.

매일 들여다볼 땐 티가 잘 안 나지만, 문득 뒤돌아보면
어느새 쑥 자라 있는 새싹처럼 나도 성장하고 있었다는 걸.

언제 자랐지?

나를 가드너로 자라게 한 귀중한 경험과 배움이란...

QC 밸브와 호스로
정원에 물 주는 법.

어느 계절, 어느 정원에
어떤 꽃이 피는지 아는 법.

해 보지 않은 일에 도전하는 법.

전기 카트 운전하는 법.

겉모습이 무서운 어른들을
무서워하지 않는 법.

어른들이 건네주시는
제철 식물을 맛보는 법.

새소리를 듣고 계절 변화를 알아차리는 법.

징글징글한 잡초 뽑는 법.

정원의 아름다움을 온몸으로 느끼는 법.

날씨에 민감해지는 법.

웬만한 얼룩과
땀 냄새쯤에는 아랑곳하지 않는 법.

좋은 선배 가드너들에게
배움을 전수받는 법…

하지만 '좋은 가드너는 도대체 뭘까?'라는 질문에 대한
답을 찾는 과정은 쉽지 않았어.

또 종종 멋진 동료 가드너들을 보며
식물을 좋아하는 마음의 크기를 비교하곤 했어.

나중에야 알게 됐지.
정량화할 수 없는 마음의 크기와 무게를 비교하다 보면
식물을 좋아하는 마음 자체를 잃어버릴 수도 있다는 걸.

난 도시의 식물을 좋아해서
가드너가 됐고,
도시에 사는 사람들에게
식물의 매력을 전하고 있잖아.
이게 바로 내가 식물을
좋아하는 방식인 거야.

물론 나도 여전히 스스로를 의심할 때가 있어.
하지만 그럴 때마다 이렇게 말해.
"나답게 식물하자!"
너희도 자신을 누군가와 비교하지 말고
'너답게' 걸어갈 길을 찾아가면 좋겠어.

즐겁게 식물하는 프로 N잡러

'나답게' 식물하기 위해
난 식물원 밖에서도
할 수 있는 일을 시작했어.

그래서 '식물 분류학' 석사 과정에 도전했지!
식물의 종을 어떻게 나누는지, 학명은 누가 정하는지 늘 궁금했거든.
퇴근 후에 수업 듣고 과제하는 건 쉽진 않았지만,
하나씩 배워 가는 즐거움이 정말 컸어.

퀭~

코로나 팬데믹 시기엔 즐거운 작당도 기획했어.
자유롭게 밖에 나가지 못하고
집에 머무는 시간이 길어진 사람들에게
내가 만난 자연을 알려 주고 싶었거든.

그래서 만든 게 바로…

'초식동물들이 맛있는 식물을 잘 먹기 위해 식물을 공부하다가,
결국 식물에 푹 빠져 만든 단체'라는 설정이야! 귀엽지?

그리고 '손연주'라는 이름 대신
'웅'이라는 이름의 곰이 되어
뉴스레터를 연재했어.

낮에는 가드너로, 퇴근 후엔 부캐인 '웅'으로 이중생활을 한 거야!

뉴스레터 이름은 '식물알림장'!
24절기마다 식물 소식을 전하는 알림장 콘셉트야.
그해 여름, 대서에 시작해서
식물원 근무 기간만큼 뉴스레터는 꾸준히 쌓여 갔지.

그리고 대학 시절 늘 함께였던 친구들과 다시 뭉쳤어.
졸업 후 각자 진로를 찾아 멀리 떨어져 살고 있던 우린···

알림장에 소개한 식물들을 엮어 《도시 식물 탐험대》라는 책을 펴냈지!
손바닥만 한 독립 출판물이었지만 사진 촬영, 샘플 인쇄, 텀블벅에
소개서를 올리는 모든 과정이 새롭고 즐거웠어.

그런데 얼마 뒤, 출판사에서 연락이 왔어!
우리 책을 어린이책으로 만들고 싶다는 거야.
그렇게 두 권의 책 《도시 식물 탐험대》,
《도시 나무·꽃 탐험대》가 나왔고,
어린이들에게 도시에서 만날 수 있는
식물들을 소개하게 됐어.
이게 다 '식물알림장' 덕분이야!

핼러윈 때는 해리 포터처럼
마법사 복장을 갖춰 입고
마법 식물 수업을 열기도 했어.
(사실 나 해리 포터 왕팬이야!)

봄이면 야생화를 보러 산에도 가고, 냉이 캐러 농장에도 갔어.
가장 긴 뿌리를 캔 사람에게 상을 주고, 같이 냉이 비빔밥도 해 먹었지.

무려 22cm!

'출근길 식물 탐험대'를 모집해서 출근길에 보이는 식물을
온라인에 기록하고 공유하기도 했어. 독서 모임도 열었고!

찰칵!

'식물알림장' 내용을 바탕으로 전시도 열었어.

물론 다 잘된 건 아니야.
직접 식물을 그린 문구를
만들고 싶었지만,
결국 이루지 못했어.

엽서도, 수첩도
만들고 싶었지…
응

게다가 식물원 일을 하면서 이런 일들을 병행하다 보니
시간도 부족하고 몸도 너무 지치는 거야.
그 무렵부터 새로운 고민이 조금씩 자라기 시작했지.

꼭 식물원에 속해 있어야만
가드너인 걸까?
식물원 밖에서는 할 수 없는 거야?

그러던 어느 날, 암이 발견돼
수술을 받게 됐어.
얼마나 놀랐는지 몰라.

네? 수술을
하라고요?

다행히 심각한 병은 아니었지만,
자잘한 부작용이 생겨서 수술 이후
힘든 시간을 보내야 했어.

뭘 하든 건강이 최고야, 알지?

난 건강을 회복하기 위해 식물원을 그만두기로 했어.
마침 다음 스텝을 고민하던 시기였으니까,
이걸 기회 삼아 대학원 공부도 마무리하고
더 여유 있게 다양한 일들에 도전할 수 있었지.

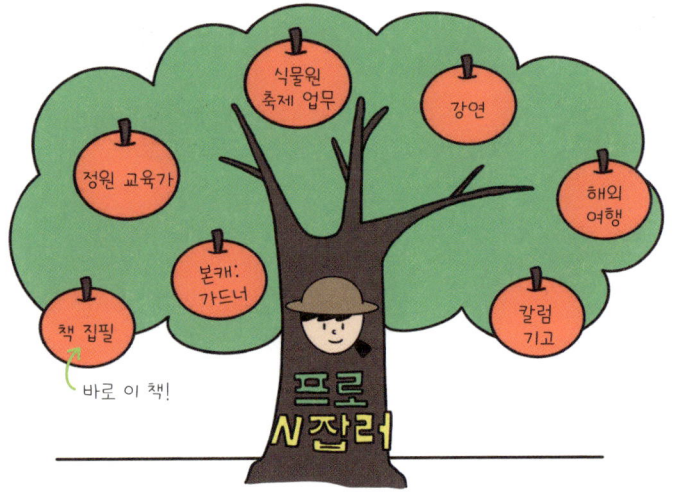

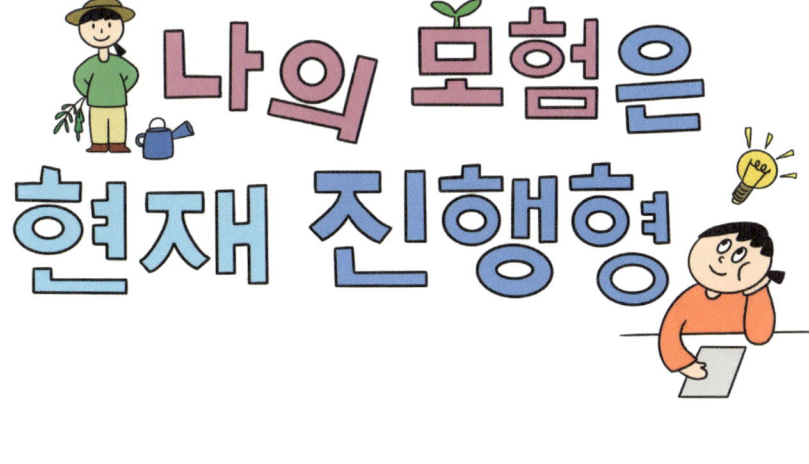
나의 모험은 현재 진행형

그럼 지금은 뭘 하냐고?

으쓱

축 졸 업

야호, 졸업이다!

우선 대학원을 무사히 졸업했고,

대학원에서 공부한 내용을 바탕으로 연구 활동을 할 수 있는 식물원에 들어갔어.

그러니까 지금의 난
가드너가 아닌 신참 연구원!
이곳에서 또 새로운 것들을
배워 나가야 하지.

연구원 명찰

내 모험이 여기서 끝나지
않으리라는 걸 나도 잘 알아.
식물원 안에서든, 밖에서든 계속되겠지.
물론 미래는 여전히 불안해.

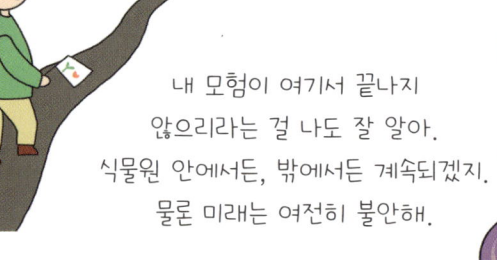

미래야,
보여라!

새로운 길이 나랑 맞을지 안 맞을진
직접 가 보기 전엔 모르는 거니까.

게다가 인생이란 늘 계획대로
흘러가지만은 않잖아.
씨앗 모으기라는 취미가
내 직업으로까지 이어질 줄
누가 알았겠어.

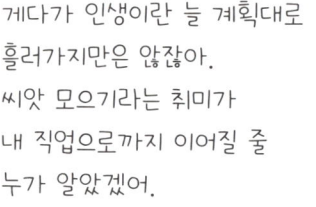

취미가 직업이 될 줄이야!

때론 구불구불한 길을 한참 돌아가기도 하고,
여러 갈래 앞에서 수없이 고민하기도 하고,
오르락내리락하기도 하지.

그래도 말이야.
수많은 나의 고민들이
쌓인 길 위로 계속해서
발걸음을 내딛고,

모래사장에서 예쁜 조개껍질을 발견하듯
매 순간 주어진 상황 속에서
내가 좋아하는 걸 찾아내다 보니,
그 여정도 무섭지만은 않더라.

"의미 없는 점은 없으며
언젠가 연결된다."라는
스티브 잡스의 말처럼,

우리의 경험, 시도, 작당 들은
인생이라는 여정을 결국
좋은 방향으로 데려다줄 거라고 믿어.

그러니까 언제 어디서든 너답게, 즐겁게
주어진 상황을 최선을 다해 누리는 그런 사람이 됐으면 해.

너답게 즐겁게!

추천의 말

이 책은 '무엇이 되어야 한다'는 강박이나 거창한 꿈 대신, 삶이라는 멋진 정원을 가꾸어 가는 가드너의 모습을 통해 '덕업일치'라는 환상 너머 직업의 본질을 생각하게 한다. '내가 진짜 좋아하는 것'을 발견하는 과정의 소중함 또한 깨닫게 한다. 자신만의 씨앗을 '나답게' 키워 가고 싶은, 꿈 많은 청소년들이 꼭 읽어 보기를! _곽상경(신성중학교 진로진학상담교사, 아주대·이대 교육대학원 겸임교수)

가드너를 꿈꾸는 이들을 위한 좌충우돌 진로 모험담! 학과 선택에서부터 현장 경험까지, '직접 해 보며 체득한' 생생한 여정을 유쾌한 일러스트와 함께 담은 값진 기록이다. 식물과 함께하는 미래를 꿈꾸는 이들에게 보물 같은 이야기 보따리가 되어 줄 것이다. _박원순(국립세종수목원 전시원 실장, 《가드너의 일》저자)

저자가 과거의 자신과 비슷한 고민을 하고 있을 미래의 후배 가드너들에게 전하는 에세이다. 식물과 관련된 진로에 대해 고민했던 과정뿐 아니라, 가드너에 대해 알고 싶거나 가드너를 꿈꾸는 학생들이 알아 두면 좋을 유용한 정보들을 친절하게 알려 준다. _김은수(서울식물원 가드너)

책장을 넘길 때마다 우리가 함께 걸었던 수목원의 사계절이 떠오른다. 서툴고 설레던 봄에 가드너라는 꽃을 피우고, 분주하고 뜨거운 여름엔 자기만의 열매를 키워 낸 손연주 가드너. 성숙하고 찬란한 가을, 그가 책이라는 탐스러운 열매를 우리에게 내어 준다. 씨앗 하나도 소중히 여기던 어린아이가 자라 가장 '나답게' 가드너의 길을 걸어가는 이야기는, 가드너를 꿈꾸는 청소년은 물론 자연을 사랑하는 모든 이에게 따뜻한 영감을 줄 것이다. _장지영(푸른수목원 가드너)

저자는 씨앗을 모으는 작은 순간에서 시작된 가드너의 여정을 통해 우리에게 이야기한다. 꿈이 많아도 길을 찾지 못했더라도 괜찮다고, 흙과 함께해 온 긴 시간 동안 쌓아 온 경험이 다양한 가능성의 문을 열어 주었다고. 스스로 뿌리내리고 꽃을 피워 가고 싶은 이들에게, 이 책은 따뜻하고 든든한 길잡이가 되어 줄 것이다. _최우경(전 서울식물원·국립세종수목원 가드너)

페이지마다 진로에 대한 고민과 저자의 발자취가 고스란히 담겨 있다. 식물과 관련된 진로뿐 아니라, 자신의 길을 찾고 있는 모든 '손연주'들에게 이 꾸준하고 담대한 발걸음의 기록이 따뜻한 용기와 희망을 선물해 줄 것이라 믿는다. _박민지(국립공원공단 주임, 《도시 식물 탐험대》 공동 저자)

직업과 진로에 대한 현실적인 고민 속에서, 결국 가장 중요한 것은 자신을 깊이 이해하는 일이다. 해 보고 싶은 일에 도전하며 나에게 더 맞는 일을 알아 가고, 몰랐던 가능성과 예상치 못한 선택지를 발견하는 저자의 초록빛 여정은 진로 앞에서 고민하는 청소년과 청년 들에게 든든한 용기와 자신감을 안겨 줄 것이다. _안현지(미국 하버드대학원 박사 과정 수료자, 《도시 식물 탐험대》 공동 저자)